BESTSELLER

Pablo Rivero, licenciado en Comunicación audiovisual, ha interpretado a Toni Alcántara en la serie de TVE *Cuéntame cómo pasó*. Asimismo ha participado en películas como *De tu ventana a la mía* de Paula Ortiz, *Proyecto tiempo* de Isabel Coixet, *No me pidas que te bese porque te besaré* de Albert Espinosa o *La noche del hermano* de Santiago García de Leániz. En teatro ha participado en montajes como *La caída de los dioses*, dirigido por Tomaž Pandur; *Los hijos se han dormido*, dirigido por Daniel Veronese; *El sirviente*, dirigido por Mireia Gabilondo, y, más recientemente, en *La importancia de llamarse Ernesto*, los cuatro en el Teatro Español; *Fausto*, también de Tomaž Pandur, para el CDN, o *Cortázar en juego*, dirigido por Natalia Menéndez en el Teatro de la Abadía, entre otros. Debutó como novelista con *No volveré a tener miedo*, a la que siguieron *Penitencia*, *Las niñas que soñaban con ser vistas*, *La cría*, *Dulce hogar*, la novela corta para FNAC *El editor* y *La matriarca*. *El rebaño* es su séptima novela, un thriller de impacto acerca de la sobreprotección en la crianza. Su narrativa ha sido comparada a la de Pierre Lemaitre y en sus historias explora los territorios más oscuros de la conducta humana.

Para más información, puedes seguir al autor en su cuenta de Instagram:
🔲 @pabloriveroficial

PABLO RIVERO

El editor

DEBOLS!LLO

Papel certificado por el Forest Stewardship Council®

Penguin
Random House
Grupo Editorial

Primera edición en Debolsillo: enero de 2026

© 2023, Pablo Rivero
© 2026, Penguin Random House Grupo Editorial, S. A. U.
Travessera de Gràcia, 47-49. 08021 Barcelona
Diseño de la cubierta: Penguin Random House Grupo Editorial / Yolanda Artola
Imagen de la cubierta: Sergio Ingravalle / Ikon Images

Printed in Spain – Impreso en España

ISBN: 978-84-663-5323-6
Depósito legal: B-19.554-2025

Compuesto en M.I. Maquetación, S.L.
Impreso en Black Print CPI Ibérica
Sant Andreu de la Barca (Barcelona)

P 3 5 3 2 3 6

*A todas aquellas personas cuya vida
se haya visto interrumpida por algún monstruo*

1

El portátil está listo, esperando sobre el escritorio junto a un flexo encendido. El resto de la casa se encuentra a oscuras. Antes de sentarse, abre la gran ventana que da al parque de enfrente. Ráfagas de un aire gélido, similar al torbellino de emociones que está despertando en su interior, invaden el espacio. En apenas unos segundos la temperatura de la habitación baja varios grados. El frío tensa sus articulaciones, pero no será un impedimento para todo lo que tiene que escribir. El fuego que arde en su cuerpo pone en marcha la maquinaria para que todo fluya.

Comienza a mover los dedos a gran velocidad, como fruto de un arrebato. En realidad, son sus entrañas las que hablan con el fuerte latido de su corazón sonando de fondo.

Escribir es terapéutico. El proceso creativo es algo bello y enriquecedor si eres capaz de crecer ante las adversidades. Pero, como todo en la vida, también es un camino duro. Sobre todo cuando crees que no existen las medias tintas. No puedes quedarte en la capa superficial. Debes llegar hasta el fondo, aunque duela. Y tanto que lo hace, en ocasiones es como quitar la costra de una herida mal curada para desinfectarla y que sane en condiciones, porque corre el riesgo de que pueda empeorar.

Cuando escribes, te expones. Necesitas desnudar tu alma y vomitar hasta el peor de tus pensamientos. Solo si posees una historia potente y la valentía y generosidad de abordarla abriéndote en canal, sin filtros, se hará la magia.

Yo he vivido algo que tiene que ser contado y no pienso hacer concesiones. Por eso sé que lo que tengo entre las manos es un buen relato. Uno no muy extenso, compuesto de ideas directas y las palabras justas. Tan solo lo necesario para poder redimirme y convivir con lo que hice.

Mientras escribo estas líneas, las letras se difuminan, se tiñen de rojo oscuro y puedo ver los rastros de sangre casi coagulada. Intento apartar esa imagen, pero me es imposible. Me acompaña desde aquella tarde, cuando la sangre era tanta que parecía haber cobrado vida. Pero no quiero torturarme, todo tiene un motivo y ya he encontrado el mío. Al fin y al cabo, solo soy una chica esclava del placer…

2

Por más que lo intenta, no termina de acostumbrarse a la luz de los focos, al sudor y al tembleque que van implícitos cada vez que se sienta en un plató rodeado de monitores, consciente de que el público que tiene delante es solo una mínima muestra de toda la gente que lo observa desde sus casas. Aunque ha de reconocer que disfruta del chute de adrenalina. Por suerte ya no sabe lo que es un bloqueo, apenas farfulla cuando habla y consigue ser directo e implacable en sus intervenciones.

En el último año y medio, a las innumerables reuniones, tanto por Zoom como presenciales, comidas, presentaciones y una apretada agenda para acompañar a los autores de éxito, se le han sumado las intervenciones en los medios de comunicación. Su papel es muy claro: participa en las tertulias en las que se discute sobre feminismo, centrándose en movimientos como el #MeToo, su alcance y la necesidad que tiene la sociedad de continuar con la lucha por la igualdad. Y no es porque se haya puesto al otro lado y haya escrito un libro sobre el tema, no. Sigue haciendo lo mismo que durante los últimos veinte años: editar los libros de uno de los sellos más prestigiosos de la editorial más importante del país. No es él quien ha roto una lanza por el sexo opuesto para intentar que deje de ser el débil de una vez por todas, sino su autor estrella, Lorenzo Carballo.

Después de dos novelas de un tímido éxito y un relato que ganó el premio literario de Fnac, publicó su gran obra hasta el momento: *No estás sola*. Entre sus páginas, Carballo se adentraba en la andadura personal de una mujer víctima de acoso. La novela salió en el momento preciso, en la explosión de historias que reivindicaban el fin del silencio de todas aquellas que habían sufrido y sufrían acoso, abusos o cualquier otra injusticia procedente de la terrible herencia del patriarcado. Anunciaron la segunda edición en apenas tres días y en un mes había más ejemplares de esta novela en las librerías que de todas las tiradas de sus anteriores obras. La mezcla de historia feminista de denuncia social con tintes de novela negra tuvo un éxito sin precedentes, tanto que las ventas todavía hoy continúan estando por encima de muchas de las novedades.

Pero ese no es el motivo por el que Goyo habla sobre él en los programas, sino porque desde entonces no ha recibido ni una sola página que merezca la pena del prestigioso escritor. No hay tema. No hay enfoque. No hay nada. Solo vacío. Y los lectores quieren más. Nunca se sabe cuánto tiempo puede durar un momento tan goloso como ese, en muchos casos no se da más que una vez en la vida, y el ambicioso editor no está dispuesto a dejarlo pasar.

Por eso, dieciocho meses atrás, tomó una vez más las riendas del asunto, en el sentido literal; empezó cubriendo a Carballo cuando este no quería ir a algún programa, pero terminó dominando ese discurso y se creció, consciente del foco de atención tan grande que poseía.

Por primera vez en su carrera, entiende bien el enganche que sienten los autores cuando se dan cuenta del enorme alcance que tienen sus palabras, de cómo consiguen mover algo en sus lectores y lo que son capaces de lograr con su escritura.

Al principio los nervios le jugaban malas pasadas, pero ahora disfruta siendo un abanderado de la lucha feminista, pese a que le recriminan que lo hace desde el privilegio de ser hombre y que esa es otra manera de demostrar su injusta superioridad. Le da igual, no va a dejarlo escapar. Piensa disfrutarlo mientras se lo permitan el ansia y la preocupación por encontrar un nuevo bestseller.

Después del aplauso final del público, llegan las pertinentes opiniones de quienes lo han visto en directo, ya sean conocidos o no. Le escriben comentarios y mensajes en su última publicación de Twitter o Instagram. Pero esta vez hay suerte y, entre ellos, un mensaje directo llama su atención. Uno que, sin saberlo, cambiará su suerte.

3

En cuanto termina el programa y el operador de sonido le quita el micro al editor, comienza un ritmo frenético para conseguir ir a descansar al hotel cuanto antes. De camino encarga sushi a través de una aplicación; debería llegar unos minutos después que él y será el premio por un día intenso de trabajo.

En los cinco minutos de margen en los que tarda en llamar a la puerta el repartidor, se da una ducha rápida para quitarse el sudor y los restos de maquillaje que no habían eliminado las toallitas que se había pasado de mala manera mientras recorría los pasillos del estudio hacia la salida.

A medida que el agua caliente se le desliza por la cara, contempla cómo esta se vuelve anaranjada con lo que queda de la máscara que ha llevado durante la última hora. Se pone corriendo el albornoz y abre en cuanto escucha los nudillos golpeando la puerta. Después cierra, se tumba en la cama, se apoya sobre los enormes almohadones e intenta quitar el nudo de la bolsa de plástico en la que viene la cena. Cuando ve el apetecible manjar que lo espera, todo el esfuerzo ha merecido la pena por ese pequeño instante. Se mete la primera pieza de tempura de langostino y lo saborea con detenimiento. Mientras come, abre Instagram, pasa las publicaciones de manera automática, sin prestar la suficiente atención ni dejar rastro de su actividad al no dar ni un solo like, y revisa los privados. Lee en uno de ellos:

Has estado estupendo.

Pero no son estas palabras las que llaman su atención, sino la fotografía del perfil. En ella aparece la silueta de una mujer a contraluz sentada frente a un enorme ventanal de espaldas a la cámara. Su nombre de usuario es *Gonewiththewind86,* el cual le hace bastante gracia. No recuerda haber terminado nunca de ver *Lo que el viento se llevó,* pero tiene mucho cariño a la película porque es la favorita de su madre. El editor intenta acceder al perfil, pero es privado y no puede ver su contenido. Amplía de nuevo la imagen en la que se adivina una sugerente figura con un cuello esbelto al descubierto por el tipo de recogido que lleva la chica.

No hay cosa que le guste más que el cuello de una mujer, donde se concentra el aroma. Toda la piel se le pone de gallina. Le encanta deslizar con suavidad las yemas de los dedos por todo el cuerpo mientras se agita su respiración fruto de la excitación. Le estimula notar los pezones duros y abrazarlos con los labios, mordisquearlos, hasta que ella lo aparta para besarlo con todas sus fuerzas. Solo de pensarlo se pone cachondo. Su miembro erecto asoma tímidamente por el albornoz. Es lo que tiene estar solo fuera de casa a esas horas: después de tanto trabajo, necesita sacar toda la tensión. Vuelve al mensaje y ve que le están escribiendo. Lee mientras van apareciendo las siguientes frases:

No quiero ser pesada, pero es muy necesario e
inspirador escuchar hablar a hombres de la
manera en la que lo haces tú. Después de todo lo
que has mencionado en el programa, pensarás que
debo estar loca. Ya sé que no te puedes fiar de
las redes ni de quién te sigue, pero quería
agradecerte lo que haces por mí, por todas
nosotras. No sabes lo mucho que significa y lo
bien que entiendo cada una de tus palabras.

Después envía una fotografía de unas piernas desnudas
y femeninas estiradas encima de un sofá. Sobre sus muslos
hay un portátil abierto y al fondo unos pies descalzos con las
uñas pintadas de rojo. La imagen desaparece enseguida, porque es de un solo visionado, pero el editor se imagina la-
miéndole el empeine con delicadeza.

Yo también escribo, ¿ves? Y sobre el mismo
tema...

El miembro erecto de Goyo crece aún más por la excitación. Se arranca a escribir:

Gracias por tus mensajes. Es un privilegio saber
que mis palabras calan de alguna manera...

Mucho. Demasiado. Gracias a ti y a Lorenzo Carballo,
he dado el paso. He sido capaz de ir asimilando y
ordenando. He convertido mis conflictos en algo
positivo...

No lo sientas. En el fondo he sido afortunada.
Si no me hubiera sucedido, no habría escrito este
relato. Aparece todo lo que dices que debe tener una
buena novela: mucha alma y mucho ritmo, y es
comprometida. He intentado seguir vuestro legado y
aportar mi granito de arena a la causa que defendéis
con tanto ímpetu. Me he aplicado eso que siempre
defiendes de «Por qué escribes tú esta historia y no
otro autor, qué vas a aportar partiendo de que todo
está ya inventado».

Goyo sonríe complacido.

Pues yo aporto mi experiencia. Sé que es pecar
de atrevimiento, sin conocernos, pero ¿podría
mandarte unas líneas? Es solo el comienzo, un
pequeño prólogo, casi una carta de intenciones
para que veas por dónde van los tiros. Me da
mucho apuro, pero te acabo de escuchar
hablando de dar pasos importantes para poder
continuar con nuestras vidas y, como ves, me lo
he tomado literal, je, je, je… Necesito saber que
merece la pena todo el esfuerzo emocional
que estoy haciendo…

Al editor le da una pereza horrorosa hablar de trabajo.
Todo el interés se ha esfumado de un plumazo. Y le responde
sin mucho entusiasmo:

Por supuesto, mándamelo. En cuanto pueda
le echo un vistazo, seguro que está muy bien.
Me alegro de que te ayuden mis palabras.

Muchas gracias; te pido disculpas de antemano…
Me cuesta mucho compartir algo tan íntimo, pero creo
que eres la persona indicada para ello, porque no me
vas a juzgar.

Claro que no.

Y esto último lo escribe automáticamente mientras se
revisa las uñas de los dedos de los pies.

Bueno, te digo esto porque es un poco… fuertecito.

El editor activa sus cinco sentidos.

Es importante que lo sepas porque no me
gustaría que me malinterpretaras o pienses que…

No, no, tranquila, por favor, me dedico a esto.
Es mi trabajo. Además, te aseguro que no
me sorprendo tan fácilmente…

La interlocutora responde siguiendo el juego:

Entonces tengo un doble reto. Es un libro duro,
pero también morboso. Tranquilo, que no es una
historia de esas de una mujer que se enamora de
un hombre y se deja atar por él…

Je, je, je, claro, además ¿quién hace eso
en realidad?

El editor espera una respuesta que nunca llega. Vuelve la erección. A los pocos segundos, recibe el texto. Goyo comienza a leerlo mientras se soba el miembro, pero conforme avanza deja de hacerlo. Son apenas unas cuantas líneas y ya han conseguido captar su atención por completo. Aquella desconocida ha utilizado el término *morbo* para describirlo y él no puede estar más de acuerdo. Aunque lo que subyace es la necesidad de la autora de contar esa historia, por eso ha conseguido atraparlo. Y desde el comienzo, cuando habla sobre el proceso de escritura. Algo sencillo pero directo y muy eficaz. Ahora necesita saber a qué se refiere cuando escribe que la sangre parecía que había cobrado vida, ¿es un episodio real o inventado? Normalmente le habría exigido una respuesta inmediata como condición para leerlo, no tiene tiempo para conjeturas. Pero este caso es distinto, el hecho de no saber hasta qué punto es cierto le empuja a querer más información.

Cuando el editor termina de leer, piensa que aún es pronto para saber si el manuscrito merece la pena. Lo único que tiene claro es que el hormigueo que siente por todo su cuerpo indica que necesita seguir leyendo y no hay mejor señal que esa.

4

El editor sigue sentado sobre la cama del hotel. Está impaciente por seguir avanzando en la historia de la autora para que no desaparezca la adrenalina que tanto anhela. Así que no piensa hacerse el interesante o emplear otra de sus habituales estrategias, le va a decir lo mucho que le ha gustado, pero, antes de que empiece a escribir, ella se adelanta con un nuevo mensaje privado.

> Espero que te haya resultado interesante y quieras saber cómo continúa mi historia.

> Lo estoy deseando.

> ¿Estás en Madrid?

A Goyo le da un vuelco el corazón, ¿le pregunta eso porque quiere que se vean? Parece que el texto era la excusa perfecta para quedar y él agradece estar fuera de su ciudad para no precipitarse, salir corriendo y acabar jodiendo una posible relación laboral. Cuesta mucho hallar un diamante en bruto, alguien capaz de dar una vuelta de tuerca al mercado. No se puede permitir jugársela. Todo está ya inventado, lo habitual es no encontrar más que un remix de la misma historia ambientada en lugares diferentes y mezclada con otros elementos. Los mismos personajes estereotipados, una y otra vez.

Lleva años leyendo lo mismo, por suerte tiene autores que funcionan, que la gente espera, y no les quita mérito, ni mucho menos. Vive bien gracias a ellos, pero, aunque censura poner el dedo en la llaga, hay una evidente falta de profundidad en las historias. Nadie habla de cosas que reconoce, que le tocan, todo es frío o demasiado correcto. Sin embargo, lo que acaba de leer posee algo auténtico y visceral. Es seco, escabroso, realista, con denuncia y a la vez sexi, ¡encima engancha! Es brutal. Desde el manuscrito de *No estás sola* de su adorado Lorenzo Carballo no había vuelto a leer algo así. No se equivocó entonces y sabe que no se equivoca ahora. Responde finalmente.

Vuelvo mañana a primera hora.

En ese caso tengo que acostarme ya, mañana será un gran día.

¡Espera!

Solo tienes que estar pendiente del correo.

Quieres mejor que...

Buenas noches, me has hecho muy feliz este ratito. Que te interese mi historia es muy importante para mí, de verdad. Te prometo que te lo devolveré, lo que has hecho por mí...

Si te ha gustado el arranque, estoy convencida
de que entonces disfrutarás del resto. Te prometo
que merecerá la pena.

La misteriosa autora se desvanece y el editor respira hondo, como si pudiera saborear los restos de su perfume. Está pletórico, muy excitado, consciente de su golpe de suerte. Tiene entre sus manos un bombazo, una nueva autora a la que poder moldear y no hay nada que le ponga más cachondo. Termina por masturbarse para que baje toda la adrenalina que acumula en el cuerpo y conseguir dormirse.

Al despertarse a la mañana siguiente lo primero que hace es mirar el correo y se decepciona al ver que no tiene noticias de ella. Se consuela pensando que quizá sea demasiado temprano. Está todo el tiempo pendiente del móvil, pero el ansiado mensaje no llega hasta que se sube al tren. En él, la autora le pregunta su hora de llegada a Madrid y le propone que se vean. Solo tiene que darle una dirección y mandará un coche para recogerlo. El destino es sorpresa, él solo tendrá que ponerse cómodo y leer los textos que le irá mandando mientras va a su encuentro. Además, recalca que lo realmente especial es que se trata de una lectura inmersiva en la que recibirá fragmentos que espera le hagan reflexionar.

Con esto desea que al llegar a su destino comparta su punto de vista con ella. A cambio, de postre, recibirá un regalo, la guinda del pastel: el final del relato que promete estar a la altura de las altas expectativas que ha generado con las primeras líneas. Aunque le dice que siempre pueden cambiarlo y escribirlo juntos. A él no le puede sonar mejor: empezar a trabajar mano a mano y acabar follando como culmen de la celebración.

Después de veinte años en el negocio el editor agradece la adrenalina que le provoca salirse del tiesto. Tiene la necesidad de mirarla a los ojos y descubrir si el dolor que relata es real o parte de su estrategia. Conocerla para tratar de descifrar si llevará al límite el juego de seducción que ha comenzado de esa manera tan sugerente y también averiguar qué es lo que ha hecho para hablar de «toda esa sangre» en su texto.

5

El primer capítulo llega unos minutos antes de la hora establecida para la recogida. El editor lo espera con gran expectación, consciente de que seguramente sea el comienzo de una gran aventura. Siempre lo es cuando se trata de alguien capaz de despertar tanto interés. Lo abre y comienza a leer:

No estaba siendo una gran noche, habíamos tomado algo en casa de mi mejor amiga Marta con Jimena, Nico y otros compañeros de la facultad. Pusimos canciones de fondo y nos bebimos un par de copas mientras cotorreábamos sobre cotilleos y líos varios que habíamos tenido durante la semana.

Llegada la medianoche bajamos a una de las coctelerías de moda del centro, a apenas cincuenta metros de su piso. Ahí seguimos charlando, pero ya lo de menos era nuestra conversación: lo importante era el número de hombres que pululaban a nuestro alrededor y el efecto que causábamos en ellos. Tampoco es que tuviera muchas ganas de acabar con alguien, pero necesitaba tontear: un par de besos divertidos que me brindaran un pequeño chute de autoestima. Aguanté un par de horas atenta a los cruces de miradas y roces disimulados mientras decenas de moscardones pasaban por mi lado, pero no hubo suerte; la mayoría eran estirados o babosos torpes y alcoholizados. Por lo que decidí irme antes del cierre para evitar la cola infernal del ropero y no arrepentirme más tarde de no haberme largado a tiempo.

Al salir a la calle noté que habían bajado las temperaturas y me maldije por haberme puesto una falda corta cuando lo que mi cuerpo pedía eran unos pantalones cómodos. Jimena se ofreció a acompañarme a coger un taxi, porque Marta se estaba dando el lote con un tal Gonzalo, compañero de su trabajo. Le dije que aprovechara lo que quedaba de noche antes de que cerraran el local, que yo sola me pedía un coche. Torcí la esquina y avancé por una de las callecitas del centro mientras comparaba precios y disponibilidad de conductores en varias aplicaciones. En la calle no había ni un alma, aceleré el ritmo y salí a una callejuela por la que paseaba una pareja muy acaramelada haciendo eses. Seleccioné la entrada de un parking que había unos metros más adelante como punto de recogida y di los últimos pasos.

«Nicolai llegará en cinco minutos», apareció al cabo de unos minutos en la pantalla, junto al número de matrícula del vehículo terminada en 24K, la imagen del coche con un color específico y una fotografía redonda de menor tamaño del conductor. La amplié para ver el rostro con detalle. Nicolai debía de ser un par de años mayor que yo, tenía la cara muy angulosa. No era capaz de diferenciar su color de ojos exacto. Era muy atractivo. Si me hubieran mandado ese retrato por Tinder, habría pensado que me había tocado la lotería.

«24K», me repetía en voz alta mientras miraba en la dirección por la que llegaría Nicolai. Solo habían pasado un par de minutos, pero la espera se me estaba haciendo eterna. El lugar estaba desierto. A mi espalda tenía la rampa de salida del garaje y me giré de golpe, porque no pude evitar imaginar que alguien me agarraba por la espalda y me introducía a la fuerza en el maletero de un coche. Aparté ese pensamiento inmediatamente de mi cabeza. Según la aplicación faltaban un par de minutos para que me recogieran. Me temblaban las rodillas de frío y las moví hacia delante y hacia atrás para entrar en calor. Paré cuando leí una notificación en el teléfono: el conductor había cancelado el viaje.

—No puede ser, ¡¡joder! Odio estas putas aplicaciones —farfullé mientras trataba de recuperar el viaje u obtener más información. Comprobé si me habían cobrado el trayecto y si vendría o no otro conductor en su lugar.

Estaba tan nerviosa y había bebido tanto que seguí despotricando en voz alta hasta que escuché un ruido a mi espalda y grité, asustada. No era nada, falsa alarma, pero comenzó una cuenta atrás en mi interior, tenía que salir de ahí enseguida.

«¿Por qué no habré esperado a que saliera todo el mundo?», me reproché mientras metía la dirección en la aplicación de la competencia. Cuando lo logré, esperé y esperé sin que ningún conductor aceptara el viaje. Estaba desesperada, helada, cabreada y muerta de miedo. Cuando estaba a punto de echarme a llorar, el sonido del motor de un coche me hizo levantar la vista del móvil y vi aparecer un vehículo gris similar al de Nicolai. Enseguida me fijé en la matrícula y terminaba en 24K, era él. No entendía nada, ¿qué estaba haciendo ahí si había cancelado el viaje? Para mi sorpresa, el coche pasó de largo y se dirigió hasta el final de la calle. Volví a confirmar que era la misma matrícula. Al subir de nuevo la mirada, presencié cómo, antes de torcer la esquina, el coche daba marcha atrás a gran velocidad hacia mí.

6

Todo estaba sucediendo muy deprisa, pero notaba mis sentidos más ralentizados que nunca. Era incapaz de reaccionar y discernir si en realidad todo aquello era tan extraño como yo lo estaba viviendo. No me moví y, aunque seguía subida a la acera, al ver que el coche volvía a tanta velocidad tuve miedo de que me atropellase. Parecía una película basada en hechos reales en la que me arrollaban y moría de hipotermia, desangrada.

«¡Qué bien que sigas aquí!», escuché que alguien exclamaba, desde el interior del vehículo, con un acento extraño que no supe identificar. La ventanilla estaba bajada cuando los neumáticos se detuvieron a mi lado. «Soy Nicolai, tu conductor».

Desde donde estaba solo pude ver el reflejo en el espejo retrovisor, efectivamente se trataba del hombre de la foto. El susto enfatizó los efectos del alcohol, me sentía incapaz de responder con normalidad.

—Has cancelado el viaje, no eres mi conductor —conseguí decir sin disimular la mezcla de enfado y estupefacción que tenía.

—¡Qué va! No he sido yo, ha sido la maldita aplicación… Se ha quedado bloqueada y he tenido que reiniciarla y, cuando he conseguido volver a entrar, había cancelado el viaje. Lo siento, por eso he venido corriendo, estaba ya al lado, suerte que todavía sigues aquí. Me parecía un putadón.

—Lo es.

—Sube.

—Pero, si no hay viaje, ¿cómo hacemos? No eres un taxi, ¿no? No quiero líos después con el precio o algún rollo de última hora.

El hecho de que el conductor estuviera fichado por la aplicación me daba tranquilidad, era mejor que estar sola. Aunque, oficialmente, él no se encontraba ahí: había cancelado el trayecto y eso le daba mayor ventaja si se trataba de alguna argucia. Mi imaginario maldito se disparó de nuevo y me puse muy nerviosa. ¿Qué hacía sola de madrugada con un desconocido en una calle sin tránsito?

—A ver, puedes intentar pedir de nuevo la ruta. Pruébalo y trato de aceptar el primero, aunque a veces el viaje se lo asignan a otro, pasa mucho.

Volví a entrar en la aplicación, pero antes de que pudiera introducir la dirección de destino, la puerta del conductor se abrió y vi cómo Nicolai sacaba medio cuerpo para seguir dirigiéndose hacia mí. Mi primer impulso fue el de salir corriendo, pero sus movimientos eran amables y suaves, no trataba de acorralarme. Además, la fotografía no le hacía justicia y eso que salía muy guapo.

—De todas maneras, igual no hace falta, ¿no? Los dos sabemos lo que ibas a pagar por el viaje. De ahí, cinco euros eran para la aplicación, puedo descontarte tres... y todos contentos —dijo con cara de no haber roto un plato en su vida.

Su propuesta sonó de lo más sugerente, sobre todo por su innegable encanto. Sin embargo, todos los avisos y alertas que había escuchado de mis padres, amigos y familiares desde mi infancia resonaron de golpe en mi cabeza y me decían que no me fiara y no me subiera al coche con él. Aunque no pude decir nada, Nicolai salió y abrió la puerta trasera invitándome a entrar. Debía de medir cerca de uno noventa y el traje le sentaba como un guante, parecía un modelo.

—Perdona el chanchullo, pero es que nos sangran —dijo con una sonrisa triunfadora dibujada en el rostro.

Su gesto hizo evidente que era ajeno a la ola de pensamientos que me estaban bombardeando. Y eso me tranquilizó: si hubiese tenido malas intenciones, habría intentado calmarme y hacerme ver que no me sucedería nada, pero, en lugar de eso, actuaba de manera normal, porque no le veía mayor conflicto al asunto. No parecía ser más que un jeta encantador, que tenía sus trucos para llevarse un margen más justo por el trabajo que hacía. Lo entendía perfectamente, eso fue lo que me convenció. Eso y su sonrisa, su planta y su mirada. La emoción que no había conseguido que naciera durante toda la noche había surgido de la manera más inesperada y decidí dejar de echar piedras sobre mi propio tejado y disfrutar del momento.

—Menos la aplicación —dije al sentarme.

—¿Cómo?

—Decías que todos contentos, y yo digo que sí, todos estamos muy contentos —puse un especial énfasis en lo mucho que me gustaba que me llevara—, menos la aplicación, ¿no crees?

Él se rio y yo le devolví la sonrisa. Arrancó y vi por el retrovisor cómo su mirada descendía hacia mis piernas desnudas. Ese acto duró apenas unos segundos, pero fueron suficientes para saber que me había metido en la boca del lobo. Quise esquivar lo que me gritaba mi intuición, no sirvió de nada. Me vinieron de nuevo a la cabeza todas las advertencias que me había grabado a fuego mi madre. Pensé en avisar a mis amigas, poner el móvil a grabar o mandarles la geolocalización, pero ya era tarde.

Su mirada cada vez estaba más fija en mí, pendiente de la menor de mis reacciones. Tanto que temía que nos estrelláramos. Conducir había pasado a un segundo plano, lo más importante para Nicolai era determinar si yo había captado sus verdaderas intenciones. Era tan evidente que hubo un momento en que el silencio se volvió muy violento y todas mis sospechas se confirmaron. Eso fue lo peor, verlo venir y no hacer nada para evitarlo. Y es que, pese a estar convencida de que algo no iba bien, la ínfima probabilidad de que fuera cosa mía me impidió reaccionar y hacer lo que debería de haber hecho, por miedo a ofenderlo con falsas acusaciones. Tenía pánico al ridículo si me equivocaba. El miedo y la culpa navegaron a sus anchas por todo mi ser, antes incluso de que parara en aquel desvío perdido en la nada.

Sentada en el asiento trasero de aquel coche, con el peso de su cuerpo sobre el mío y la vista fija en una medalla de un club de tiro que tenía colgada con el dibujo de una pistola, que aparecía también en un calendario que había pegado a su lado, pude ignorar sus jadeos animales. Solo asomaba un único pensamiento en forma de súplica: «Que no me mate. Solo pido que me deje salir con vida».

Me parecía surrealista, como si le estuviera pasando a otra persona, pero la realidad era que me estaba sucediendo a mí. No era ninguna crónica de sucesos, era mi cuerpo el que estaba experimentando aquel colapso. Era yo quien estaba pagando por haber tonteado descaradamente, por haberme subido al coche y no haber reaccionado a tiempo. Ese era el precio de mi inocencia, de mi inconsciencia o del simple hecho de ser mujer. Las lágrimas descendían a mares por mi rostro y no pude más que dejarme hacer, porque, a fin de cuentas, es lo que nos han enseñado.

7

El editor levanta la mirada del iPad donde está leyendo el texto que le ha enviado la autora anónima. Ese pasaje le ha movido por dentro, porque desde que su hija empezó a hacerse una mujercita el tipo de situación que describe es su mayor miedo. Se pone malo solo de imaginarse que algo así le pudiera ocurrir a Blanca. Tiene tantas ganas de ir a su destino que ha llegado antes al lugar indicado. Todavía quedan unos minutos para la recogida, así que aprovecha para seguir leyendo.

¿Nunca te has visto en una situación en la que de golpe has sentido que tu destino depende de otra persona, alguien del que no sabes absolutamente nada? Tu fuero interno te dice que te estás metiendo en la boca del lobo, pero, aun así, no puedes dejar de hacerlo.

El editor interrumpe la lectura cuando, en su campo de visión, aparece una mancha oscura. Es una furgoneta negra que se para a su altura.

—¿Goyo? —pregunta el conductor con la ventanilla bajada.

El editor se fija en él: cuarenta y pico años, pelo muy corto casi rapado, muy delgado y con unas oscuras y marcadas ojeras que afilan su mirada y resultan de lo más intimidantes. A ello también ayuda que su rostro no expresa nada en absoluto, ni un ápice de amabilidad.

El relato le ha dejado tan mal cuerpo que lo primero que hace es fijarse en que el coche no lleva ninguna pegatina con el logo de ninguna empresa o aplicación como la de la historia que está leyendo. Lo cierto es que durante su trayectoria profesional lo habían recogido mil veces coches de producción o particulares para llevarlo a ferias, programas o eventos y no había sucedido nada. Sin embargo, su intuición le dice que no debe subirse bajo ningún concepto. Pero la duda de si está reaccionando así porque está demasiado sugestionado acaba pesando. A fin de cuentas, no deja de ser otra muestra más del poder que tiene la que espera que sea su futura autora, su esperado fichaje estrella, la apuesta personal que necesita para salir del estancamiento profesional en el que se encuentra.

El editor acaba por entrar en la furgoneta. Se sienta en la parte trasera, detrás del asiento del copiloto, y, después de abrocharse el cinturón de seguridad, continúa con una de sus manías: nunca dejar un texto sin terminar de leer.

Mira que desde pequeños nos repiten hasta la saciedad que no debemos confiar en los desconocidos, pero de nada sirve porque, cuando crecemos, lo hacemos todo el tiempo. Caemos en la trampa pese a haber sido avisados. Seguimos nuestro impulso, sin pensar en las consecuencias o ignorándolas, porque hay una parte de nosotros que cree que somos invencibles, que estamos por encima del bien y del mal. Es como cuando se nos avisa de un timo, por ejemplo, un enlace que no se debe abrir y, aun así, siempre hay alguna persona que, aunque tenga toda la información sobre la trampa, acaba dando al link y ¡boom! ¿Nunca te ha sucedido? Picas, aunque sepas que sucederá. Supongo que eso es lo que me ocurrió aquella noche, o al menos eso me repito cada vez que vuelven los flashes en forma de pesadilla.

Goyo desvía la mirada hacia la nuca del conductor. Tiene la mosca detrás de la oreja. Lo que acaba de leer despierta un verdadero miedo en él. «La cabrona es realmente buena», piensa. Pero la leve sonrisa que se ha dibujado en su rostro se borra de un plumazo cuando, en el espejo retrovisor delantero, descubre que el conductor tiene la mirada clavada en él.

8

El juego de miradas se sucede en el tiempo, apenas dura unos instantes, pero estos resultan eternos para el editor, que va elucubrando sin ningún filtro: no sabe quién es el hombre que conduce ni para quién trabaja, tampoco adónde se dirigen. Ni siquiera conoce de nada a la mujer que lo ha organizado todo, podría ser cualquier persona, estar mintiéndole y haber urdido un plan para secuestrarlo. Pero ¿por qué?, ¿qué motivos podría tener? Podría ser el propio conductor, un psicópata que lo estaría llevando al matadero como ocurre en el texto que le han enviado.

—Yo te conozco, ¿verdad?

La voz masculina del conductor le provoca un microinfarto al editor que se ve sorprendido en mitad de sus pensamientos. El desconocido lo mira por el retrovisor esperando su respuesta. A Goyo le sorprende que un perfil como el suyo lo reconozca, no es su público potencial, aunque nunca se sabe. Quizá le confunda con otra persona.

—No lo sé…

—Es que me suenas mucho.

El editor observa al conductor y piensa: «Si yo fuera a secuestrar a alguien conocido, en primer lugar, le haría notar que no sé quién es para que quedase claro que no tengo ningún motivo o intención de hacerlo. Intentaría que todo resultara normal para parecer despistado y no alguien que lo ha planeado. Así se relajaría y sería mucho más sencillo».

—¡Ya sé! Te vi anoche en el debate de después de la serie. Lo dejamos porque se empeñó mi hija que está de un palizas…, tiene quince años. —Goyo sonríe sin entusiasmo—. Y… ¿sabe que la tuvimos? Antes podíamos hablar en paz, pero ahora parece que soy el enemigo. Ella dice que es porque le niego las cosas. No es así, solo se las rebato. Es muy diferente. Es que ya no se les puede decir nada, ¿sabe? ¿Usted tiene hijos?

—Sí, una hija de quince.

—Entonces ¡lo sabrá!

—Es guerrera, sí. Pero eso está bien.

—Ya, pero es que hoy en día mucha libertad y mucho rollo, pero como les lleves la contraria, ojito. Que, si eres un facha, un machista, ¡somos Satanás! A mí me parece genial que las mujeres se hagan valer y quieran igualdad, yo deseo lo mejor para mi hija. Lo único que digo es que no todas son heroínas, ¿no? Que muchas se han quedado en sus casas porque les ha dado la gana. Anda que no conozco mujeres de amigos que les han chuleado todo lo que han querido mientras ellos se mataban a trabajar día y noche…, y encima quejándose por todo, nunca contentas.

—Hombre, muchas no han podido estudiar precisamente por el hecho de ser mujeres. Las que han trabajado suelen tener peores salarios y con mayores dificultades en el día a día que sus compañeros. Y, perdone, pero las amas de casa también trabajan, se ha dictado una sentencia hace poco en la que un hombre ha tenido que compensar los años en los que su mujer solo se ha dedicado al mantenimiento del hogar.

—Me parece genial si así ha sido… Lo que me parece una jetada es la que se queda en casa y encima el marido tiene que pagar a una interna para que lo haga todo y luego que qué estrés…

—A mí es que no me gusta generalizar, porque cada caso es diferente.

—Pues eso es justo lo que le digo yo a mi hija, que todos los hombres no son malos y no todas las mujeres son unas santas, ¡habrá de todo!

El hombre está notablemente alterado; ha ido elevando el tono, tiene los ojos enrojecidos y una vena enorme le cruza la frente. La idea de que el encuentro no haya sido fortuito, sino que supiera desde el primer momento quién era, cobra de nuevo fuerza. Quizá el discurso del editor lo había perjudicado si, por ejemplo, lo había denunciado su pareja o alguna mujer después de haberlo escuchado hablar; quizá todo esto se trate de una venganza o un ajuste de cuentas. O tan solo es un fan loco o alguien contratado por la competencia para quitárselo de encima. Una gota de sudor desciende por su frente. Lee demasiada novela policíaca. Una notificación le avisa de que tiene un nuevo correo, pero no es el siguiente capítulo, sino un mensaje para él.

Si todo va según lo planeado, ya deberías estar con tu conductor. Cuidadito, podría ser un sicario contratado por una de esas feministas radicales que te tachan de oportunista y quiere hacerte desaparecer por ejercer tu supremacía de hombre blanco.

El editor puede oler la ironía de la autora, se la imagina disfrutando del poder que le da saber que lo mantiene en vilo gracias al mal cuerpo que le ha dejado la primera parte de su historia y la inquietud que le provoca el «no saber». No solo ha aceptado el juego, sino que ha picado el primer anzuelo.

Es difícil hablar de esto con nadie. Siempre se dice que hay que compartirlo, hacerlo público para que se tomen medidas drásticas y el próximo se lo piense antes y nadie vuelva a pasar por algo así. Me sé la teoría, lo entiendo y lucho para que cale en nuestra sociedad, pero en la realidad no ha funcionado. Me hubiera gustado ser como todo el mundo hubiese deseado que fuera, pero no fue así. Y me avergüenzo de ello. Por eso escribo, escribir me ayuda. Disculpa mi seudónimo. Permíteme al menos esta concesión que alivie mi pena, querido lector. La que se recrudece con el recuerdo de su respiración en mi oído, esos jadeos exagerados de alguien que necesitaba actuar como un animal para demostrar lo macho que era. Yo miraba al techo y pensaba en mis padres. En el disgusto que les daría si me estuviesen viendo en ese mismo momento. Quería que terminara cuanto antes y salir de ahí. Noté su aliento caliente y al apartarme me encontré con su mirada desfasada y sus ojos totalmente desorbitados. Solo recuerdo el impulso que tuve y el golpe. El sonido hueco retumbando en mis oídos, la quemazón y la sangre saliendo a borbotones de mi nariz. Su grito, ese sí que era de animal. Y la patada en la polla. La sangre, él también sangraba, caía a raudales entre los dedos que mantenía apretando la nariz.

Abrí la puerta corriendo y me dejé caer fuera, dando un portazo para impedir que me agarrara por la espalda. Era noche cerrada, no se veía nada. Iba a sacar el móvil para alumbrar y poder alejarme sin peligro de caer, pero me metí debajo del coche. No sé por qué me escurrí como una oruga y rodé hasta quedar a unos centímetros de los amortiguadores.

Otro portazo anunció que había salido en mi busca. Vi sus talones y el vaquero que llevaba a un palmo de mi cara. Lo más duro fue mantener la calma y controlar la respiración y los jadeos para que no me escuchara. Algo parecido a lo que sucede cuando estás en el teatro, no quieres toser y cuanto más quieres controlarlo más se enfatiza el picor. No sabría decir el tiempo que estuve así, sin moverme, muerta de miedo por si me descubría, pero también por si no lo hacía y me pasaba por encima cuando arrancara.

A continuación, escuché las pisadas, estaba volviendo... Un silencio ensordecedor y un tirón fuerte. Me estaba arrastrando por los tobillos y veía el rastro de sangre que dejaba a mi paso mientras sentía fuego saliéndome de la mejilla que rozaba el suelo. Cuando consiguió sacarme, noté un líquido que se derramaba sobre mi cara. La boca me sabía a metal. Era su sangre que caía sobre mí y se fusionaba con la mía. La pesadilla era real. Tenía ganas de llorar y deseaba con toda mi alma que el tiempo se detuviera y viniera mi madre para abrazarme y sacarme de ahí. Volvía a ser la adolescente tímida, la niña risueña que jugaba a veterinarios con sus animales de peluche. ¿Cómo había llegado esa cría hasta ahí? La víctima era yo, pero podía ser cualquiera: tu madre, tu mujer... o tu hija.

«Tu mujer... o tu hija». Un escalofrío recorre el cuerpo del editor.

Su hija Blanca con su mirada pura y sonrisa eterna es su debilidad, su pilar. Se pone muy irascible solo de pensar que algo así pudiera sucederle. Un nuevo texto llega a su bandeja de entrada. Lo abre deseando olvidarse del tema.

Dime, querido lector, ¿cuántos taxis coges al día? En este momento podrías estar sentado en uno, ¿te imaginas que el conductor se desviara por una carretera perdida para asesinarte o violarte sin preocuparse por llamar la atención como me sucedió a mí?

Si eso ocurriera, y tienes suerte de salir con vida, te preguntarás si podrías haber cambiado el rumbo de los acontecimientos, qué hiciste para merecerlo o si precisamente sucedió por algo que no llevaste a cabo. A veces hay una persecución, un acoso previo o un rastreo, pero en la mayoría de los casos es la mala suerte de estar en el lugar y momento equivocados. Es fortuito, no es nada personal, y eso es lo que a las víctimas nos vuelve locas.

Aunque siempre habrá quien lo ponga en duda, pero contra eso no vas a poder luchar. Asúmelo ya. Algo tuviste que hacer, no eres la mujer o el hombre modelo que impone la sociedad, tienes tus mierdas, como todo el mundo, y nunca te lo perdonarán. La pesadilla no será solo lo sucedido, sino todo lo que viene después: la persecución y la exposición de tus errores y debilidades para justificar lo que te ha pasado. Y estarás marcado y sentenciado de por vida.

Pero no te enfades con ellos, y seguro que hasta tú, que no te consideras una persona machista, has pensado al menos por un segundo que quizá yo me lo había buscado, que en el fondo quería que ocurriera y que puede ser que le hubiera dado al agresor una señal equivocada, ¿no? A fin de cuentas, era lo que llevaba buscando toda la noche. Por eso es importante que sigas leyendo y le des una oportunidad a mi historia.

El editor mira por la ventana, le gusta la valentía de la autora. La incomodidad y el debate interno que crea en el lector para mover algo en él y que obtenga sus propias conclusiones. Que aprenda algo nuevo, incluso de sí mismo. De eso se trata su oficio, ¿no? De que tu historia no resulte indiferente. Recibe entonces más palabras que continúan la historia.

Porque, si he conseguido que te pusieras en mi lugar, si has creído que te podría estar pasando a ti y has pensado durante un segundo que tus miedos pudieran ser ciertos y que el destino te tenía deparado un oscuro final..., entonces has podido asomarte, aunque sea tímidamente, a lo que yo sentí aquella noche. Y te habrás dado cuenta de que cuando comienza el runrún ya no cesa y, aunque no te haya sucedido nada, tu cabeza se habrá disparado y te habrás imaginado todo lo que podía ocurrirte. Es agotador. Si eso te ha sucedido sin que pasara nada, imagina lo que sufrimos después las víctimas. Cuando el mero hecho de salir de casa, cada paso que damos, se convierte en verdadera angustia.

Ahora solo quiero hacerte una pregunta, ¿qué es lo peor que podría pasarte? ¿Por qué podrías perder la cabeza o volverte loco?

Blanca. La imagen de su hija, sus enormes ojos llenos de inocencia y bondad, sale de nuevo a colación y no le gusta nada. Se le ha hecho un nudo en el estómago.

11

Leía el otro día que hay quien dice que en los atentados yihadistas de París existe cierta distinción entre los supervivientes. Que los que estaban en los alrededores del Estadio de Francia eran menos víctimas que los que disfrutaban en alguna de las terrazas (aunque a una periodista la explosión de una bomba le hubiese deformado la cara y aún hoy sufra episodios de ansiedad y pesadillas), y estos, a su vez, menos que los que se encontraban en la sala Bataclán, donde ocurrió la mayor carnicería.

¿Tú también crees que hay víctimas de primera y de segunda? ¿Consideras que las que salimos solas de noche y disfrutamos de nuestra libertad nos lo merecemos porque, aunque somos conscientes de los peligros, no dejamos de hacerlo, y, en cambio, las que se abstienen y viven con miedo no? Piénsalo. ¿Y si te dijera que en realidad esta no es mi historia y que, aunque reconozco muy bien todo lo que ha pasado mi protagonista, mi caso es diferente y solo estoy poniendo voz a otra víctima? Alguien que no se atreve a contarlo. ¿Y si te dijera que la persona a quien le ocurrió es alguien a quien aprecio bastante, aunque obviamente no tanto como tú?

Tienes una hija muy especial, Goyo, deberías hablar más con ella.

Al editor se le para el corazón y le entra un sudor frío, pero intenta mantener la calma. Le ha sorprendido que dentro del relato se dirija directamente a él, pero, con su trayectoria, quién mejor para profundizar en estas cuestiones. Aunque duelan. Piensa que por eso la autora le ha elegido a él como víctima, busca poner el dedo en la llaga para que entienda las luces y sombras del discurso feminista que él defiende. Es solo un reto. Tiene que relativizar y calmarse. Conoce a su hija; si le hubiera sucedido algo así, lo sabría, lo habrían notado en casa. Ahora se arrepiente de haberla expuesto tanto, sacándola una y otra vez en las redes junto a su pareja con frases como «Por un mundo más justo e igualitario para mi hija». Tiene el impulso de llamarla, o a su mujer, pero no quiere alertarla, que le haga preguntas incómodas, intuya algo y tenga que abortar el encuentro.

—Ya queda poco.

El editor da un respingo, y no porque lo haya asustado la voz del conductor o su mirada fija a través del retrovisor, sino porque, en su cabeza, las palabras que acaba de escuchar tienen el peor de los sentidos, y lo que debería de ser un alivio de pronto se torna bastante turbio...

«Poco».

Queda poco... ¿para qué?

12

La inquietud se acentúa en el editor cuando vuelve a caer en que no sabe adónde lo están llevando. Con los nervios ni siquiera se lo ha preguntado al conductor. Reconoce la carretera, han salido del centro y bordean la ciudad.

—¿Puede decirme adónde vamos?

—A un hotel, el New Suites o algo así; lo siento, pero no hablo inglés. Ya casi estamos, está en el recinto ferial.

El editor respira aliviado, es frecuente quedar en las cafeterías de los hoteles para charlar o hacer entrevistas, porque suelen ser tranquilas. Aunque no puede evitar pensar en subir a la habitación y se le hace la boca agua. Le resulta fascinante esa mezcla tan pasional y a la vez tan racional a la hora de escribir y actuar. No obstante, aunque le pone mucho que la autora controle tanto la situación, el hecho de que se comporte como un verdadero narrador omnisciente, moviendo los hilos de tal manera que sabe perfectamente cuál será su reacción en todo momento y por tanto lo que va a suceder, le produce verdadero desasosiego. Tiene que dejarle claro que no es ningún títere y que es él quien manda para que no vuelva a mencionar a su hija. No piensa ponérselo fácil; las reglas del juego también las marca él. Vuelve al chat y escribe:

Verás, en cuanto llegue voy a tener que atender
una llamada importante…

Una fotografía interrumpe su mensaje. Ha tenido suerte y no solo porque lo haya leído de inmediato, sino porque ella también ha entrado al trapo y le ha mandado otra estampa, que se evapora a los segundos, en la que sus esbeltas piernas estiradas dejan intuir que está desnuda en lo que parece ser una terraza. Se pone como una moto solo de pensar que el encuentro podría ser en la terraza de una de las habitaciones. Lo mata ese morbo que despierta en él. Ninguna mujer lo ha manejado así, marcando el ritmo y manteniendo el control sobre él. Le pone muchísimo. Pero, aunque lo disfrute, intenta controlar la situación.

No ha sido de buen gusto nombrar a mi hija. Soy capaz de entender la magnitud de la crueldad y el dolor que viviste. Como sabes, hablo sobre ello continuamente, estoy muy informado. Si quieres captar mi interés, te aconsejo que utilices otro recurso. Te lo digo también como lector; una cosa es incomodar y otra ir a hacer daño. El lector no tiene por qué aguantar eso.

No te lo tomes a mal, te avisé de que no era una experiencia al uso. Te he escuchado muchas veces decir que no solo el autor tiene que mojarse, sino que el editor también tiene que rasgarse las vestiduras. Mi intención no es que sufras para transmitirte mi dolor, nunca haría eso a mis lectores y mucho menos a ti, que me has ayudado tanto. No busco vengarme, tampoco que nadie se apiade de mí. No quiero despertar lástima, sino deseo. A través de él puedo captar la atención del lector e invitar a la reflexión. Eso no significa que no vaya a haber una recompensa.

Te lo dije al principio: la experiencia, en todo caso, me ha hecho ser esclava del placer. Te animo a que no pierdas el interés; ahora más que nunca, te interesa llegar a tu destino y conocer el final de mi historia. Te queda lo mejor, te lo aseguro.

13

Ahora que sabes lo que me ocurrió aquella maldita madrugada, a mí me encantaría saber si alguna vez has follado en un coche, en un tren o en el baño de un avión. Igual solo fueron unos juegos inofensivos, roces y tocamientos con disimulo. Seguro que fue de lo más excitante, qué diferente es cuando hay consentimiento a cuando no puedes impedirlo. A mí me follaron sin desearlo, sin un ápice de tacto o amor, como a un animal. Pero te aseguro que no fue ni la mitad de salvaje que lo que tuve que hacer después.

Seguramente estas palabras te incomoden; a las mujeres no se nos educa para decir lo que pensamos y, por eso, muchas no nos atrevemos. Yo no le conté a nadie lo que me pasó. Ni a una sola persona. Porque, seamos realistas, querido lector: si decía la verdad, nadie iba a estar de mi lado. Si fuera honesta y dijera que cuando vi a Nicolai me pareció muy atractivo y que incluso fantaseé con que pudiera ocurrir algo, me mirarían de arriba abajo, se fijarían en cómo voy vestida y pensarían que soy una puta buscona.

Hasta yo he dudado de si fui culpable. Me he mortificado pensando hasta qué punto provoqué lo que me ocurrió. Por eso he trabajado mucho para lograr ser honesta conmigo misma y tratar de conocerme tal como soy; ese ha sido el gran reto. Es primordial para no castigarme y que la víctima no se coma a la mujer. Fundamental para poder seguir disfrutando de mi sexualidad. Por eso he encontrado refugio en el poder que otorga saber que, mientras dure el acto sexual, yo tengo el control. Nunca más me sentiré como un animalito acorralado, se acabó y es importante repetírmelo para que no se me olvide.

Qué importante es ser honesto con uno mismo. ¿Tú lo eres, querido lector? Del uno al diez, ¿cuánto? ¿Y los demás contigo? ¿Lo eres con la gente que tienes a tu alrededor, tus amigos, vecinos o compañeros de trabajo…, con tu familia? Pienso en todas esas mujeres que creen que conocen a sus parejas y viven engañadas. La de maridos «modelo» que salen de casa sin contarles adónde van ni a qué hora volverán para que no se les chafe su verdadero plan; esos que ya tienen pegado al cuerpo el disfraz de cordero. Estoy segura de que conoces a alguno.

El editor deja de leer de golpe, dándose por aludido. De pronto tiene un fuerte pálpito: podría ser su mujer quien le escribe. Le ha mentido, no le ha contado adónde se dirige ni lo que lo mueve. Los textos podían ser de cualquier relato que él desconociera, ¿le está provocando para que caiga en sus redes? Ha escuchado mil historias así: hombres que caen en las trampas que les tienden sus parejas. El miedo a ser secuestrado o torturado no es nada comparado con el bochorno que sentiría si al llegar al hotel es ella quien le abre la puerta. Sería el fin de su familia.

14

Antes de que el editor siga rompiéndose la cabeza sobre si es su mujer quien se oculta bajo el seudónimo, llega un mensaje nuevo al correo. No es el siguiente capítulo, sino uno dirigido a él. Goyo lo lee con la mosca detrás de la oreja.

> Ya estarás a punto de llegar y solo te quedan los dos últimos capítulos para saber cómo termina mi historia. Es hora de que empiece la acción. Ya conoces la pesadilla que vivió mi protagonista, pero ¿y si te digo que eso no es nada comparado con lo que la espera?

El editor está confuso y expectante, ¿por qué de pronto habla de su protagonista en tercera persona? No entiende nada, la historia pierde filón sobre todo para la promoción, aunque siempre se puede falsear y anunciarse como tal. Entonces ¿es un personaje inventado?

> Es muy inteligente pero demasiado confiada, aunque es normal que no haya desconfiado de mí, nadie lo haría y mucho menos ella. No puedes echarle la culpa. Te acabo de hablar sobre la honestidad y yo no he sido honesta contigo. Tengo que pedirte disculpas, todo lo que te he

contado sobre aquella noche es cierto, cada detalle. Solo hay un aspecto que he variado, el más importante..., y creo que ya sabes de qué se trata.

El editor se pone en guardia, esperando lo peor.

Blanca es tan tímida. Encandila con esa sonrisa apocada que intenta camuflar con sus bráquets.

El editor siente una punzada en el pecho y deja de lado el iPad. Vuelve a referirse a su hija. Blanca es intocable. Puede sentir cómo todo se desmorona en su interior. El hecho de que la autora se dirija a él no por su trabajo y labor, sino porque le está contando la historia de su hija cambia las cosas por completo. Es mucho peor de lo que había imaginado en un principio y se pregunta desesperado qué es lo que pretende con ello.

No quiere más tonterías ni perder otro segundo, llama a su hija, pero tiene el teléfono apagado. Le mosquea, pero tampoco puede enfadarse, porque es él quien le insiste en que no mire el móvil mientras está en clase, aunque ahora se arrepiente del consejo. Opta por dejarle un mensaje.

Princesa, tengo que hablar contigo, llámame. TQ.

Espera una respuesta, pero, como era previsible, ni siquiera aparece el texto como leído. Recupera el chat y escribe a la desconocida.

Esto no tiene gracia, ¿de qué conoces
a mi hija? Te lo estás inventando. No sé si
intentas sorprenderme con algún rollo
psicológico, tipo psicodrama o alguna mierda
de esas que se hayan inventado ahora. Genial.
He entendido el mensaje, siento mucho lo
que te ha pasado, pero te exijo que, aunque
sea un vacile, dejes a Blanca a un lado,
por favor. Es solo una niña. Todo esto es de
muy mal gusto.

¿Crees que me lo he inventado? Te diría que la
llamases, pero he apagado su móvil.

El editor empieza a ponerse muy nervioso.

Lo tiene apagado porque está en clase,
yo mismo le pedí que lo hiciera.

¿Ah, sí? Llama a tu mujer y pregúntale si sabe
algo de ella.

La sombra de la duda planea de nuevo. Es cierto que su
mujer y Blanca, si no hablan, se mandan mensajes durante
todo el día. ¿Es su pareja quien está haciéndoselo pasar mal
para vengarse y darle una lección? ¿Todo esto es para que
llame y ella le diga que lo deja?, ¿ese es el final de la historia?
O simplemente se trata de una persona con algún tipo de
psicopatía o similar, como intuyó al subirse al coche. Sea lo
que sea quiere aclarar las cosas de una vez, necesita saber que
Blanca está bien y no quiere ser el conejillo de Indias de na-

die. Justo cuando va a coger el teléfono para llamar, un nuevo mensaje se adelanta a sus acciones.

Yo no tardaría mucho en llamarla, el tiempo es
oro.

El editor no duda en marcar el número; prefiere encarar un conflicto con su mujer, que pueda solucionar, a que realmente le esté sucediendo algo a su hija y él no haga nada.

—Hola, cariño, ¿qué tal? —dice su mujer con dulzura.

El editor siente un fuerte alivio, pero aún no canta victoria.

—¿Sabes algo de Blanca?

—Sí, que está en clase, como todos los días a esta hora… —Se produce un pequeño silencio—. ¿Por qué?

—Es que la llamo y me sale el mensaje de apagado o fuera de cobertura.

—Porque lo habrá apagado…

—¿Y no te parece extraño? Nunca lo apaga…

—Ay, pues hoy sí. La cosa es que nunca estás contento: si no te hace caso y te escribe o la ves conectada desde clase, te cabreas, y si te lo hace y apaga el móvil también. —Después de otro silencio tenso, continúa—: ¿Qué te pasa?

—Nada.

—Estás muy raro.

—Es que a Lorenzo le han hecho una oferta para irse a la competencia y voy a verlo para convencerlo. Me lo dijo anoche y pensé que no me afectaría, pero sí me afecta.

—¡Joder! Pues no quiero meter cizaña, pero esto seguro que lo sabe desde hace tiempo, por eso no cumple con los plazos…

—Estoy llegando ya, luego te cuento.

—¿Vas a su casa?

—No, me ha citado en un hotel, terreno de nadie, entiendo que le resultará más fácil en un lugar neutro. Bueno, avísame si sabes algo de Blanca.

—Sí, sí. No te preocupes que todo va a ir bien, te quiero.

—Y yo a ti.

El editor cuelga con el convencimiento de que su mujer no es quien está detrás de todo eso. Sin embargo, cree que se trata de alguien de su entorno y que lo conoce muy bien. Recibe un nuevo correo.

No me lo digas: no tiene ni idea de dónde está Blanca, solo suposiciones… ¿Quieres respuestas? ¿Estás listo para el penúltimo capítulo? Prepárate, porque no creo que de verdad lo estés.

15

Ha pasado un año y medio desde la violación. Durante todo ese tiempo he intentado recuperar la inocencia que me arrebató de un plumazo aquel monstruo. Me marqué un objetivo y lo acabo de cumplir, no podía ser otro, me lo dijo lo más profundo de mi ser cuando escarbé dentro de mí para encontrar la salvación a mi angustia. He sido honesta y valiente, debería sentirme orgullosa, pero ya no tengo fuerzas. Aunque haya hecho lo que tenía que hacer, ya no queda hueco para nada más. Se acabó.

Abro la puerta del baño y voy dejando caer la ropa ensangrentada por el suelo, los rastros de sangre difuminados quedan dibujados en los azulejos. La estancia se va tiñendo de rojo a cada paso que doy. La medicación empieza a hacerme efecto, me he tomado cuatro veces la dosis recetada. Aun así, me meto de golpe otros cuatro tranquilizantes más y me agacho para beber del grifo y poder tragarlos.

Después lleno la bañera con agua caliente y me meto dentro de ella. Dejo el grifo abierto hasta que se desborda. El agua se tiñe de rojo al instante. Noto cómo poco a poco mi cuerpo se va durmiendo. Por fin un poco de paz. Es un milagro que mi cabeza deje de mortificarme, porque, no nos engañemos: siempre he sido la primera en pensar que me lo busqué. No importan las horas de psicólogo d lo que he leído sobre el tema ni las veces que me lo he repetido una y otra vez. Cuando cierro los ojos vuelvo a boicotearme: tenía toda la información, me lo habían grabado a fuego, pero, aun así, esa noche me había plantado una falda minúscula, había bebido como una cosaca y, cuando estaba en la últimas, su sonrisa encantadora me encandiló.

Nadie en su sano juicio creería que semejante chulazo me había forzado, que alguien tan guapo, al que seguramente no le hayan dicho que no en su vida, tendría necesidad de hacer algo así, y menos con una chica como yo, mona pero del montón. «No te has visto en una así en tu vida», me dirían si se enteraran, o «Ha montado todo el numerito porque no la ha vuelto a llamar, está rabiosa, nada más». Nadie pensará que su encanto nubló mis miedos recurrentes, aquellos en los que siempre tenía el peor de los finales.

Eso es lo que me aterra. Sin embargo, ya no me importa porque estoy experimentando la relajación más absoluta. La mente en blanco, un vacío extraordinario y alentador. El ruido del agua desbordándose. Saber que he dejado todo preparado para que mi historia sea leída me ayuda a irme en paz; tal vez la prosa me aporte la credibilidad que merezco. Veo un poco de luz al final del túnel, pese a que sé que va estrechándose muy despacio y acabará asfixiándome y dejándome hecha trizas.

El editor tiene un nudo en la garganta. ¿Acaba de leer el último capítulo o aún queda otro más? ¿Ha muerto la protagonista o en el siguiente seguirá viva? Tiene que estarlo, no podría narrarlo en primera persona si no fuera así. Intenta tachar la imagen de Blanca de su mente, cruza los dedos para tener noticias de su hija cuanto antes. Suena el teléfono y suplica que sea ella, pero es su mujer.

—¡Goyo!

El editor se teme lo peor, porque solo lo llama por su nombre cuando ha sucedido algo o están discutiendo.

—Blanca —se adelanta él.

—Acaban de llamar del colegio para preguntar por qué no ha ido a clase. He escrito a Carla por si estaban juntas, pero me ha dicho que tampoco sabe nada. No la ha visto en toda la mañana.

16

Las siguientes palabras de su mujer se difuminan, el editor no es capaz de entenderlas, solo puede escuchar el latido de su corazón a mil por hora. Todo es tan disparatado que trata de no pensar siquiera en la posibilidad de que la autora pueda tener algo que ver con la ausencia de su hija, prefiere pensar que no es más que una casualidad. Ojalá esté dándose el lote con algún noviete, lo que sea, pero que no corra ningún peligro.

—Sigue llamándola y localiza al resto del grupo, igual está con algún chico. Tengo que colgar.

—¡Goyo!

El editor vuelve a llamar a Blanca, pero salta de nuevo el contestador.

¿Dónde cojones está mi hija?

Escribe ya fuera de sus casillas en el chat.

Tranquilo, la vas a ver enseguida. Ha llegado
antes que tú, se está dando un baño.

A partir de ese momento el editor pierde el control. Todo se ralentiza, está acelerado, pero es incapaz de prestar atención, le falta el aire. No puede pensar. No quiere pensar.

Tiene que llegar cuanto antes y despertar de la pesadilla.

—¿Cuánto queda para llegar? —pregunta al conductor.

—El GPS marca tres minutos.

—¡Corra!

Cada segundo se le hace eterno. Piensa en Blanca y le viene la imagen de su cuerpo inerte bañado en sangre, tal y como describe la autora. Su princesa, su ángel. No puede contener las lágrimas. Entonces ella vuelve a la carga:

Ahora te arrepientes de no haberte despedido en condiciones de tu princesita antes de salir de viaje. Es terrible no saber nunca cuándo será la última vez que veremos a un ser querido, ¿no crees? Pero, tranquilo, aún queda el capítulo final. Si quieres saber cómo acaba, debes subir a la habitación. Al llegar, regístrate en recepción, ahí te darán la tarjeta para entrar.

El editor confirma que quien lo amenaza tiene que ser de su círculo cercano, no tanta gente sabe que ese es el apodo con el que llama a su hija desde que era pequeña. El coche se para. El editor abre la puerta corriendo, sin despedirse del conductor.

—¡¿Está usted bien?! ¡Oiga!

Nada más apearse, Goyo alza la vista y no se puede creer lo que ve. Ya ha estado ahí, conoce perfectamente ese hotel.

17

El editor había estado una sola vez en ese hotel y no había vuelto. Por aquel entonces tenía otro nombre, algo acabado en Stars, y pertenecía a una cadena diferente. Eso lo recuerda perfectamente porque aquella tarde-noche Fnac celebraba la primera edición de sus premios literarios y convocó a la prensa, editores, escritores, libreros y demás profesionales del gremio para celebrarlo. Habían pasado ya tres años.

Para inaugurar el certamen, meses antes pidieron a distintos autores de diferentes géneros y editoriales que escribieran un libro corto de unas cien páginas. Lorenzo Carballo no encajaba en el perfil que buscaban, solo había escrito un par de novelas de misterio que eran una mezcla de serie B y telefilm de sobremesa, pero el editor junto con el equipo comercial presionaron para que estuviera en el listado de los elegidos.

Aquel lejano día, después de la pertinente fotografía en la entrada y el cóctel en el que saludó a compañeros y al equipo de Fnac, llegó el momento de anunciar a los galardonados. El editor no tenía ninguna esperanza puesta en Carballo, porque el nivel era muy alto, pero disfrutaba junto al autor de la velada en compañía también de Ana Cabano, la editora en prácticas, y de Jose y Contxita, dos pesos pesados de la editorial que habían venido desde Barcelona para asistir al evento. Después de tres copas de champán, muchas risas y cotilleos, escucharon el nombre del ganador:

—¡Lorenzo Carballo!

Los cinco dieron un brinco y por poco no tiraron todas las copas que había sobre la mesa. Era totalmente inesperado, grandioso, el trampolín que necesitaba Carballo para que la prensa y los libreros apostaran por él. El autor subió al escenario y agradeció el galardón a «su amigo y editor», que lo miraba con orgullo. Había sido una buena idea optar por un relato costumbrista, sobre una mujer en la posguerra. En realidad, era un remix de historias que le había contado su abuela y que él había compartido a su vez con el escritor. Lorenzo estaba pletórico con el triunfo, el escenario potenciaba su encanto. Estaba claro que aquel acto supuso el nacimiento de una estrella, o así lo veía el editor y se lo haría ver al resto del mundo.

Ahora, frente a la puerta con un enorme cartel con el nuevo nombre del hotel, el editor avanza lo más rápido que puede para llegar cuanto antes a recepción. De camino piensa en la casualidad de que sea ese lugar, aunque «en esta vida nada es casual», pero no tiene tiempo para montarse más películas. Necesita cerciorarse de que no es más que una broma macabra y que forma parte de un juego que roza el sadismo. Espera que la pesadilla sea una manera de ponerlo al límite para que después sea capaz de ver la obra con la magnitud que todo autor novel desea. Como sea algo así, no se puede ser más torpe. Todo el interés por el relato ha desaparecido por completo. De todas formas, si esto es la primera toma de contacto, no quiere ni imaginarse el periodo de correcciones.

—Buenas tardes, hay una habitación a mi nombre —dice el editor mientras extiende su DNI y una tarjeta a una recepcionista que le sonríe de oreja a oreja, tanto que resulta inquietante, pero el editor no presta atención. Necesita subir ya y resolver el enigma.

—Señor Albert, ¿verdad?

—Sí.

—De acuerdo, aquí tiene —responde entregándole la tarjeta con el número de habitación—. Es en el último piso, la suite presidencial. —Ella sonríe aún más. El editor se sorprende de nuevo: es la misma habitación que le dieron a Lorenzo la noche en la que fue premiado y ahí es donde lo celebraron después. Recuerda el jacuzzi en la terraza con las vistas de la ciudad de fondo. La terraza encaja con las fotografías que le ha enviado la autora—. Ahí está la clave del wifi y el horario del desayuno que está incluido…

—Gracias, gracias…, es que tengo un poco de prisa —la interrumpe Goyo mientras agarra la tarjeta y se dirige hacia los ascensores.

—¡Espere! —exclama la recepcionista—. No necesito la tarjeta de crédito para el minibar porque ya la ha dejado su compañero. Le está esperando arriba. —El editor no entiende nada—. El señor Carballo —aclara ella de nuevo, cambiando su sonrisa exagerada por una cómplice—. Soy una gran admiradora de los dos. Que no le pida una foto no significa que no me encantaría, pero nos lo tienen prohibido —susurra—. Me ha pedido que subiera esto cuando llegara, veo que tienen mucho que celebrar porque ya es la segunda; pero no quiero ser indiscreta, entiendo que no podrán decir nada.

La mujer le entrega una botella de champán, exactamente la misma que tenían aquella noche en la suite. Gonzalo afloja y empieza a reír. Ella lo mira alucinada, disfrutando del privilegio de vivir ese momento junto a alguien a quien tanto admira. El editor sigue riendo a carcajadas, de manera histriónica, pero la tensión vuelve a florecer y la risa se va transformando en llanto.

—¡Qué cabrón…, qué cabrón! —exclama mientras se gira y atraviesa el recibidor de camino al ascensor abrazando la botella.

¡Es él! Lorenzo, él es el autor del relato… Después de tanto tiempo apretándole, ha vuelto a dar en la tecla. Es el rey del marketing y le está presentando su siguiente historia. ¡Es cojonuda! Saca el móvil y le deja un audio.

—¡Menudo cabronazo estás hecho! Casi me matas de un infarto, te la voy a cortar. Joder, te lo digo en serio, ya no podía más…, necesitaba llegar al hotel. ¡Qué hijo de puta! Mira que sabes lo que me gusta, mantenerme en tensión. Estoy esperando el ascensor, quiero que me cuentes ya el final de la historia, ¡tiene que ser apoteósico, como siempre! Ahora lo celebramos, qué fuerte… Este hotel…, aquí empezó el sueño, fue nuestra noche. —Se abren las puertas del ascensor—. Te dejo, subo. Te veo ahora.

El editor entra en la cabina, pletórico, hace tiempo que no recuerda alegrarse tanto por algo. Qué tranquilidad saber que todo era un farol y que su hija no está en manos de una autora desequilibrada. Ha pasado tanto miedo que ni se acuerda de las ganas que tenía de follarse a lo bestia a aquella mujer anónima.

—Esclava del placer —susurra con una sonrisa.

En cuanto le dé un abrazo a ese cabronazo, avisará a su mujer. Ya hablará con Blanca cuando regrese, solo espera que no haya vuelto con Diego, un novio que tuvo y que no le gustaba un pelo. El editor se mira en el reflejo y sonríe, aún está pálido. ¡Menudo genio! Ahora, analizando los capítulos, los personajes y el compromiso de la historia, ve claro que no podía ser otra persona, pero se la había colado. Y eso que en el relato aparece todo lo que le ha ido diciendo estos meses que le faltaba a lo que escribía. Ahí están sus indicaciones y, aun así, no lo ha visto venir. Por primera vez el lector había ganado al editor y había que celebrarlo. Lorenzo responde a su audio con un mensaje.

¿Preparado para el final?

El editor niega con la cabeza mientras sonríe y avanza por el pequeño pasillo hasta la habitación. Llega a la puerta y confirma que es la misma suite, quizá por dentro hayan cambiado algo, pero de momento la única diferencia es que esta vez el pastizal que cuesta lo ha pagado el autor, ¡qué buenos recuerdos le traía, menuda nochecita! Antes de entrar, escribe a su mujer:

Entro ya, no te pongas nerviosa, que seguro que
Blanca está con algún amigo. Te cuento luego.
TQ.

Pasa la tarjeta y la puerta se abre. El editor mira hacia los lados, con una enorme sonrisa en la boca, esperando que el autor aparezca de golpe en cualquier momento y le dé un susto.

—¿Lorenzo?

Entonces lo escucha. Al fondo de la suite, pasado el salón y la habitación que dan a la enorme terraza, hay un ruido suave pero continuo. El editor suplica que no sea lo que está pensando. Deja la botella y se acerca lentamente, cruzando los dedos para que sea del lavabo, pero cuanto más se acerca, más claro tiene que lo que suena es el agua que cae del grifo de la bañera. El muy cabrón va a mantener el juego hasta el final.

—Oye, ¡ya no tiene gracia, va! —exclama girándose por si se lo encuentra a su espalda.

No recibe respuesta, alcanza el baño de grandes dimensiones y, cuando está a la altura de la puerta, el horror lo paraliza por completo. Aún no ha entrado, pero lo que se encuentra... No tiene tiempo de reaccionar, la visión dura apenas unos instantes, pero quiere gritar y llorar. Tiene miedo, mucho miedo, porque acaba de descubrir que la historia que ha leído se ha hecho realidad.

18

Una luz cegadora. Un plató de televisión abarrotado de público. Frente a ellos cuatro periodistas, situados dos a cada lado de un presentador elegantemente vestido. Este con voz impostada habla a cámara.

—Buenas noches, bienvenidos al que será sin duda uno de los programas más impactantes de los que hemos hecho hasta la fecha. Un programa especial para abordar en profundidad uno de los sucesos más sorprendentes de la crónica negra de nuestro país en los últimos años. Y golpea también fuerte al panorama literario. Y no solo por el crimen en sí, sino porque ha sido retratado en detalle en un relato escrito por el propio autor. Y es que nadie se imaginaba que el famoso escritor Lorenzo Carballo y su también reconocido editor Goyo Albert protagonizarían un crimen propio de la novela negra más truculenta y que contaremos a continuación. Pero, antes de entrar en detalle, me gustaría dar la bienvenida a Ana Cabano, muy cercana a ambos y cuyo testimonio será crucial para entender los hechos. Buenas noches, Ana.

—Buenas noches.

—Para que los espectadores te ubiquen, tú también eres editora.

—Sí, trabajo en Global, la otra gran editorial de España.

—La competencia de la editorial de los dos protagonistas.

—Así es.

—Pero, por lo que tengo entendido, empezaste como mano derecha de Goyo Albert editando y corrigiendo libros como los de Lorenzo Carballo.

—Sí, aunque solo corregí de Carballo el relato corto con el que ganó el premio literario de Fnac. En *No estás sola...*

—Su gran éxito —interrumpe.

—Sí, en ese no participé. Ya había dejado de trabajar con ellos.

—Entonces puede decirse que los conocías muy bien.

—Sí, como has comentado tuve la suerte de ser la mano derecha de Goyo Albert, aprendí mucho con él. Con los dos, pues también disfruté trabajando estrechamente con Lorenzo.

—¿Sabes si Carballo tenía contacto con la familia de Albert?

—Sí, claro. Eran frecuentes las comidas en casa de Goyo con su mujer y su hija, yo misma estuve en más de una.

—¿Conocías la verdadera relación que había entre ellos, lo que ocurrió?

—Sí, sabía algo. Lorenzo me lo contó justo la noche de los premios literarios de Fnac en la que ganó. No podía más y quiso hacerme partícipe de la pesadilla que estaba viviendo.

—En aquel momento, ¿pensaste que pudiera terminar de esta manera tan trágica?

—No, por supuesto que no. Nunca pensé que acabaría así.

—Como decía al comienzo —el presentador vuelve a mirar a cámara—, uno de los hechos más chocantes es que todo esté descrito con pelos y señales en el relato. El crimen sucede en el último capítulo, pero realmente ocurre antes que el suicidio de la protagonista en el penúltimo.

—Es una licencia que se suele utilizar para mantener la tensión y conseguir el efecto sorpresa.

—Y tanto. Por eso quiero avisarlos de que bajen el volumen si no quieren spoilers, porque, antes de seguir hablando de la parte más personal de Lorenzo Carballo y Goyo Albert de la mano de su círculo cercano, vamos a leer el último capítulo del relato para saber con exactitud qué es lo que pasó en aquel lujoso baño. —Después de una pequeña pausa—. ¿Están preparados?

19

Los finales nunca fueron fáciles; por eso, como dije en el primer capítulo, no podía quedarme a medias. No iba a permitir que mi historia terminara así; tenía que ser contundente y llevar al extremo mis acciones, lo que había decidido. Había dejado pasar los meses sin denunciarlo, él me lo había advertido a gritos, que sabía muy bien dónde vivía y que tenía mi contacto. Si quisiera ir a por mí, solo tendría que chasquear los dedos y yo no podría hacer nada para detenerlo. Solo una ilusa pensaría que con acudir a la policía lograría que lo metiesen en la cárcel. No me la iba a jugar, me aseguraría de que no lo volviese a hacer nunca más.

No fue difícil encontrar a Nicolai, los tipos como él suelen ser reincidentes y era lo único bueno de saber bien de qué pie cojeaba. Además, contaba con dos datos que difícilmente no darían buenos resultados: el primero, su nombre, y el segundo, la medalla que tenía colgada del espejo retrovisor delantero con el mismo logo del club de tiro que aparecía también en el calendario que tenía colocado encima de la guantera. Solo tuve que averiguar los nombres de los principales clubes de la ciudad y después localizar sus cuentas oficiales en redes sociales.

No tardé mucho en dar con el que me interesaba. Entré en su perfil y busqué entre sus seguidores. Tenía quince mil, pero introduje su nombre en el buscador y *ivoilá!* Ahí estaba Nicolai, con su cara angulosa y su mirada seductora. Una sola imagen me devolvió de cabeza al abismo. Temblé y tuve que apartar la mirada del móvil para tomar aire antes de continuar. Por mucho que hubiera pensado en lo que iba a hacer, no estaba preparada para volver a verlo.

Cuando lo estuve, entré en su perfil y estudié en profundidad sus publicaciones para conocer todo lo que pudiera sobre él: la zona por la que vivía según los lugares que etiquetaba y las fotos que aparecían, el tipo de casa donde residía…, no parecía que tuviese mascotas ni tampoco una pareja fija, no publicaba fotos con familiares, pero sí posaba al lado de mujeres despampanantes y también con amigos, un par de ellos con nombres similares al suyo, seguramente paisanos. Tuve suerte: era bastante activo en redes, le encantaba la comida italiana, sobre todo la pizza, las motos, el techno, el crossfit y enseñar los abdominales, las películas de acción y los videojuegos. Su último viaje fue a Ibiza hacía un año. Con todo eso tenía suficiente para ponerme en acción.

Al día siguiente envié el primer mensaje, en él le decía que acababa de verlo en el gimnasio de su barrio (también lo tenía etiquetado) y que había sido inspirador observarlo hacer crossfit… Le expliqué que estaba empezando y que me costaba horrores, pero que era dietista y estaba escribiendo un libro sobre rutinas deportivas que añadir a la alimentación y me preguntaba si podría mandarle capítulos por correo para que me diese el visto bueno. Para asegurarme de obtener una respuesta le envié una fotografía de una chica australiana vestida con ropa de deporte ajustadísima que había encontrado en Instagram.

Él tardó horas en responder y cuando lo hizo no escribió nada: solo puso un emoticono con dos corazoncitos en los ojos. Entonces volví al ataque.

«No me has dicho nada de la foto, te mando más —anuncié. Y envié un par de fotografías más, a cada cual más sugerente—. No sé si me has visto alguna vez por el gym… Ahora no tienes excusa: si me ves, me tienes que saludar, ¡eh!». «Hecho», respondió él. De primeras, parecía hacerse el interesante, aunque quizá estuviera trabajando o haciendo algo a la vez, pero era evidente que estaba interesado en ella. «Créeme que me acordaría», dijo por fin.

La última foto que le envié, en la que la misma chica aparecía vestida con unas mallas muy apretadas y un sujetador deportivo con los pezones muy marcados, hizo el resto. La conversación tomó tintes principalmente sexuales y ya apenas hablábamos de la excusa del entrenamiento. Llegados a un punto insistió en vernos. «Estoy muy cachondo», acabó confesándome. Había llegado el momento, estaba a punto de caramelo. Yo le contesté que estaba alojada en un hotel. Le expliqué que al día siguiente tenía que grabar unos vídeos de promoción para la editorial y que me habían cedido la habitación: una suite en la última planta. Lo invité a subir enseguida. Él me dijo que podría estar ahí en una hora, antes imposible porque tenía un servicio contratado y no podía fallar.

A mí me venía perfecto, le di el número de habitación y le pedí que me escribiera cuando estuviera en la recepción para dejarle la puerta entornada y que pudiera entrar. Yo lo estaría esperando desnuda en la bañera. Solo tendría que quitarse la ropa y meterse conmigo. No podría negarse. Una hora y diez minutos más tarde, recibí el ansiado mensaje. «Estoy entrando en el hotel. Lo que tarde», acompañado de una carita guiñando un ojo.

Toda la espera la hice sentada en el borde de la lujosa cama *king size*, con el ruido del agua del grifo de la bañera de fondo y todo preparado. Me levanté, con los guantes de plástico puestos y el cuchillo en la mano, y fui a dejar la puerta de entrada tal y como le había indicado. Después atravesé el saloncito y la habitación hasta el fondo, donde estaba el cuarto de baño que nada tenía que envidiar en cuanto a dimensiones. La bañera estaba casi llena, me acerqué al espejo y me miré a los ojos durante un par de segundos. Tiempo suficiente para decirme que nunca más volvería a ser una víctima. Una lágrima resbaló por mi mejilla derecha. Me la limpié y me escondí detrás de la puerta, preparando el ángulo perfecto de apertura para que no me viera en el reflejo o sospechara si notaba algo extraño.

Escuché el ruido de la puerta al cerrarse y después unos pasos cada vez más cerca. Mi corazón estaba a punto de salirse del pecho. Me subió la temperatura, sentía la cabeza ardiendo. Me temblaba el pulso y noté que me dolían los dedos de la mano de apretar tan fuerte el enorme cuchillo que llevaba todo ese rato empuñando a conciencia. Me asomé levemente y confirmé en el espejo que acababa de entrar. Tenía que ser rápida, antes de que se diera cuenta de que no estaba dentro de la bañera como le había prometido y la cosa se complicara. Y eso hice. No tuvo tiempo de darse la vuelta al ver que no había nadie en el agua, solo escuchó un ruido detrás de su espalda. Fui directa al cuello, una puñalada seca y otra y otra... mientras esquivaba los zarpazos que sus fuertes brazos trataban de darme. De nada le servía la fuerza cuando la sangre se derramaba a borbotones, parecía tener vida propia.

Apenas pudo defenderse. Cayó al suelo y se quedó medio incorporado, apoyado en el mueble del baño frente a mí. Entonces me vio, su mirada estaba medio ida, pero noté cómo se fijaba en mi rostro. Y supe que me había reconocido; su cara expresaba verdadera sorpresa y, antes de que perdiera el conocimiento, le hablé. No quería que muriera desangrado, como el animal que era, sin ser saber de mi propia voz todo el daño que me había hecho. Era demasiado mayorcito, pero nunca es tarde, aunque fuera en su lecho de muerte, para aprender que los actos tienen sus consecuencias.

Te contaría lo que le dije, pero no me gusta repetirme, ya conoces mi historia, querido lector. Al fin y al cabo, solo soy una chica esclava del placer… que le proporciona la venganza.

20

El presentador comienza a hablar a cámara una vez ha terminado el vídeo proyectado en la imagen de fondo y que los espectadores han podido ver a pantalla completa. En él una voz en *off* leía el último capítulo del libro con imágenes que escenificaban cada momento y que el equipo de producción había grabado recreando el suceso real como si se tratara de un *true crime*.

—Muchos de ustedes, los que no estén al tanto de los detalles, estarán tratando de construir los paralelismos entre lo que acabamos de ver y escuchar y lo sucedido. Solo les puedo decir que, aunque de primeras parezca imposible, todo lo que ocurrió está en cada una de esas líneas. A continuación, analizaremos todas las similitudes con la historia real y para ello nos adentraremos en aspectos desconocidos de la relación entre ambos para entender el detonante que los llevó hasta tal extremo. Y para ello tenemos a nuestra primera invitada. A mí me gustaría saber, Ana, si todo ese buen rollo y sintonía que mostraban en algún momento fue real o si era puro marketing.

—Creo que nació de algo real, hacían muy buen tándem: eran muy parecidos y tenían los mismos gustos. Juntos resultaban arrolladores. Creo que eso los llevó hasta el éxito, pero también se convirtió en un problema, sobre todo de puertas hacia dentro.

—Les recuerdo que al final del programa leeremos el texto que el autor dejó escrito en el que explica todo bien, pero ¿qué nos puedes contar tú de momento?, ¿cómo eran en la intimidad?

—En la intimidad tenían una relación muy tormentosa. Lorenzo me lo contó, yo me enfrenté a Goyo y este me hizo la vida imposible. Tuve que darme de baja por ansiedad y terminaron despidiéndome. Fui a hablar con Lorenzo para mostrarle mi apoyo y ver si quería que lo denunciáramos los dos, pero me dijo que estaba escribiendo y que eso lo ayudaba. Nunca imaginé que sería precisamente sobre lo ocurrido. Yo también decidí no hacer nada por miedo a que me afectara en lo laboral, este mundillo en el fondo es muy pequeño.

—¿Y qué fue lo que le contó exactamente?

—Me dijo que, pese a estar casado, Goyo era gay. Su matrimonio era una tapadera. Lorenzo también lo era, es *vox populi*. Me contó que, desde el principio, habían tenido un pequeño tonteo que él había alimentado pensando que era solo eso y que «no era más que un seductor nato que necesitaba alimentar su ego». Hasta que una noche de madrugada tuvo lugar algo terrible que lo cambió todo.

—¿Es lo que sucede en la historia que escribió?

—Muy parecido, lo esencial es que ambas historias terminan en abusos, tanto de poder como sexual. Lorenzo le ha dado otro cuerpo, más efectista, pero la esencia es la misma.

—¿Cuándo te lo contó?

—Fue la noche en que le dieron el premio de Fnac. Yo era becaria en la editorial, la persona que leía las obras después de Goyo, con quien las contrastaba, y él quiso que fuera. Por supuesto, yo sabía que era para que me encargara de todo y así él pudiera beber como un cosaco. Ya sabéis que esa noche Lorenzo ganó el premio. Lo celebramos a lo grande en la fiesta que organizaron en los salones del hotel. Fue una locura, la gente más influyente de la cultura estaba a sus pies. Como cortesía, Fnac había reservado una de las dos suites presidenciales del hotel, en la última planta...

—La misma suite...

—Sí, tampoco es fortuito que Lorenzo eligiera ese lugar para terminar su historia, porque, en cierta medida, ahí comenzó todo. Él y yo nos llevábamos bien, trabajar juntos fue fácil, pero él estaba en otras esferas. Sin embargo, coincidíamos mucho por trabajo y me gané su confianza. Creo que fue porque me veía como alguien no contaminado por el poder de Goyo, pese a estar a su merced.

»Esa noche, sobre las dos de la madrugada, ambos se fueron a la suite. Por la cara que puso Lorenzo no parecía hacerle mucha gracia. Yo me quedé abajo un rato con Jose y Contxita, dos compañeros más de la editorial, pero al rato quise marcharme, así que subí con la idea de despedirme. No esperaba encontrarme a Lorenzo sentado en el suelo del pasillo, junto a la puerta que daba a las escaleras, llorando y abrazado a sus rodillas. Me acerqué a él y me contó que se había quedado dormido y que al despertarse tenía los pantalones desabrochados y un fuerte dolor en el recto. Estaba convencido de que Goyo le había hecho algo. Esto es muy privado y no estoy cómoda hablando de ello; creo que merece un respeto.

—Por supuesto, ¿qué pasó después, Ana?

—Esa noche estuve consolando a Lorenzo y lo animé a que lo denunciara, pero él tenía miedo. Repetía que sería poner en riesgo su carrera, por lo que había luchado tanto, y, además, temía que se hiciera pública su homosexualidad: entonces solo lo sabía su entorno cercano. Que eso lo perjudicaría en las ventas y en determinados sectores y, sobre todo, que no le creerían. Tenía miedo de las represalias que podía tomar Goyo. Así que hablé yo con él, le dije que lo sabía y que si no terminaba con ese historial de maltrato y abusos sería yo quien lo denunciaría. Entonces me hizo la vida imposible a mí; cómo sería que tuve que pedir una baja por ansiedad. Goyo me animó a que descansara, era el rey de la manipulación, y, cuando quise volver, me invitó a marcharme. Podía haberlo denunciado, pero me estaba quitando la vida (había hecho contactos de sobra) y lo vi como una oportunidad. Seguí en contacto con Lorenzo, era evidente que ya no se trataba de la misma persona. Estaba apagado, pero la estrella volvió a brillar con la publicación de su libro. Cuando vi de qué trataba, entendí que había encontrado la manera de canalizar todo ese dolor y frustración, me alegré por él, pero tuve que tomar distancia. Salían en todos lados hablando del tema y me traía muy malos recuerdos. Creo que esta sobreexposición, lejos de ser algo que lo ayudara, le hizo entrar en un bucle del que no podía salir. Supongo que por eso llegó a ese extremo. Al fin y al cabo, él no se libró de su acosador: trabajaba con él, todo el mundo lo asociaba con él y encima este daba una imagen opuesta a la que proyectaba. El sentimiento de impotencia tuvo que ser muy grande, aunque ahora creo que debía de ser parte de su plan. Conociéndolo, forzó esa sobreexposición, pues sabía que después el golpe sería mortal

—Igual de fascinante y compleja es la actitud del editor Tenía tal ambición que, aun sabiendo que el libro hablaba d él, accedió a publicarlo porque su olfato le dijo que sería un gran éxito. Y no se equivocó. Lejos de sentirse señalado y amenazado, su enorme narcisismo hizo que disfrutara extendiendo el relato de sus acciones y apropiándose de un discurso que en realidad señalaba a las personas como él. Como buen editor supo darle la vuelta a lo narrado, y esa fue la manera que encontró para convivir con algo tan terrible como lo que había hecho, como lo que seguiría haciendo hasta el momento en que su víctima se rebeló y lo mató a puñaladas, de la misma manera que él acababa de leer, para terminar quitándose la vida como la protagonista de su relato casi autobiográfico.

Ana escucha las palabras, ensimismada, mientras se traslada al recuerdo de lo que sucedió realmente en el baño de aquella suite.

21

Justo antes de que se cometan los hechos

Ana tiene la mirada perdida. Está sentada en la cama de la suite presidencial con unos guantes de plástico puestos y un enorme cuchillo en la mano, muy pensativa. Lleva meses sin tomar la medicación, planeando cómo hacerlo y por fin se acerca el momento.

Lo primero que hizo fue crearse un *alter ego* muy diferente a ella sin llamar la atención: peluca negra de pelo corto bajo la que costó meter su rizada y rojiza cabellera, gafas, prótesis para aparentar mucho más peso del que tenía y rellenos para los pechos. Esa fue la imagen que utilizó en el DNI falso que consiguió sin problema en el mercado negro.

Cuando lo tuvo en su poder fue a una agencia de viajes donde, haciéndose pasar por una secretaria de la editorial de sus víctimas, tanteó las fechas libres de las dos suites presidenciales con terraza del hotel en el que tuvieron lugar los premios literarios de Fnac. Previamente se había puesto en contacto con quien llevaba la agenda de actos y actividades, para proponer un suculento bolo que Lorenzo no podría rechazar y conocer así su disponibilidad. La fecha encajó e hizo las reservas, una de ellas con el DNI del editor y del autor, que aún conservaba, y la otra con su nueva identificación. Enseñó su recién estrenado carné y pagó en efectivo, por supuesto.

Al salir mandó un correo de confirmación a la editorial para que se lo trasladaran a Lorenzo. Sin embargo, le respondieron que finalmente tenía un compromiso ese día y solo le daban una opción para pasado mañana. Por suerte las suites también estaban disponibles y en la agencia no pusieron problemas. Pero tuvo que acelerar el plan preparado para el editor. El hecho de que Goyo fuera a participar en un programa de máxima audiencia el día anterior facilitó las cosas. Ana lo supo porque él lo había anunciado antes en Instagram. Solo tuvo que esperar a que terminara para dorarle la píldora; lo conocía tan bien que no le costó nada engatusarlo con frases como «esclava del placer», aunque le provocaran náuseas. También la ayudó hablar con una excompañera de la empresa que le dijo que el editor estaba desesperado por seguir sacando rendimiento a todo el movimiento #MeToo, del que se llevaba aprovechando con una hipocresía desmedida desde la publicación del libro de Lorenzo.

Esta misma mañana ha enviado a un mensajero para que vaya a casa de Lorenzo y le entregue un sobre con el sello de la editorial que aún guarda. Dentro está la reserva de la suite presidencial a su nombre y el de su editor junto a una nota:

En esta habitación celebramos tu galardón y fue donde empezó nuestro imperio. Fue nuestra mejor noche. Olvida las adversidades, sigues siendo el mismo, igual de triunfador. Vuelve y disfruta. Relájate y después escribe sin prisas, confío en tu talento. Pero no te flipes, que el premio no es solo para ti. Nos merecemos un reencuentro como Dios manda. Luego lo

celebramos… Tengo muchas sorpresas
preparadas. ¡Ah! Trae el portátil, pero tranquilo
que no te voy a poner a trabajar, es para algo
que te encantará. Al registrarte te darán más
indicaciones.

Te quiere,

Goyo

P. D.: TRAE ESTE SOBRE, ES IMPORTANTE.
Ya descubrirás el porqué. Te mando un coche a
las once.

Pese a los continuos rumores, no era cierto que Lorenzo hubiera recibido una suculenta oferta de la competencia. Simplemente no había vuelto a escribir nada que estuviera a la altura de su gran bestseller. Ana sabía que existía una pequeña posibilidad de que no entrara al juego, pero lo conocía bien y era casi imposible que su enorme ego se resistiera a una muestra de atención tan lujosa como esa. Lo demás vino seguido. Mientras enviaba los textos a Goyo disfrutando de cada mal rato que le hacía pasar, el conductor recogía a Lorenzo en su casa. Pidió los coches a través de una empresa privada con el código de la editorial para que colara que los había pedido el editor. Poco antes había llamado a recepción con los datos de la reserva de la suite diciendo que era de la agencia y contó que se trataba de una reserva muy especial para el famoso escritor Lorenzo Carballo y su editor. La chica de recepción le dijo que era muy fan. Ana le pidió que le guardara el secreto para que se sintiera especial y le explicó que Lorenzo había pedido una cesta que llegaría en unos minutos por mensajero, un capricho (una botella del mejor champán y una pequeña bandeja de fresas con chocolate), y que solo tenían que dejarlo en la terraza de la suite con la botella abierta dentro de una cubitera de hielo, como a él le gustaba.

La llamada la hace desde la calle, frente al hotel, y desde ahí contesta a los mensajes del editor que está leyendo ya su historia. Cuando ve llegar el regalo, espera hasta que lo suben en el ascensor. Ella entra y se dirige a la otra suite presidencial contigua a la de sus víctimas. Ahí se pone unos guantes de plástico y espera hasta la salida del botones, después se dirige a la terraza y rápidamente salta el pequeño muro que separa ambas habitaciones con cuidado de no clavarse el enorme cuchillo que lleva en las manos.

La botella está tal y como ha indicado: abierta y enfriándose. Se acerca y deposita en ella el cóctel mortal de tranquilizantes que ha preparado con toda la medicación que le recetaron durante las bajas y que ha dejado de tomar. Por eso está aún más nerviosa de lo que debería y todo lo vive con gran intensidad. Sigue escribiendo al editor, pendiente de que llegue el autor. Cuando no falta nada, silencia el teléfono y se esconde debajo de la cama. Ve los zapatos de Lorenzo cuando entra en la habitación y va directo al cuarto de baño. Después el autor accede a la terraza. Ana escucha el ruido de la botella al sacarla de la cubitera y vuelve a sonreír: está haciendo caso a la nota que había dejado en la cesta.

Nada más llegar llena el jacuzzi; mientras, sal a la terraza y bebe una copa de champán. Quiero que respires hondo y recuerdes que eres el mejor, porque lo eres. No quiero excusas. Llévate la botella para amenizar el baño, la vas a necesitar para lo que viene después. Hazme caso. Te doy una hora, luego llega la siguiente sorpresa. Vas a flipar.

GOYO

Al rato entra de nuevo y Ana ve las prendas de ropa que lanza mientras se desnuda antes de dirigirse al baño. Solo tiene que esperar a mover los últimos hilos que pondrán fin a su historia. Aguanta unos minutos más bajo la cama y después sale sin hacer ruido, se viste con la ropa de Lorenzo y se sienta a esperar con los guantes y el enorme cuchillo en la mano. Escucha una notificación en el móvil de Lorenzo, se acerca sigilosamente y, cuando lo descubre sin vida bajo el agua, comprueba que se trata del editor. El teléfono está bloqueado y tiene que sacar la cabeza de Lorenzo de la bañera con sumo cuidado hasta que el reconocimiento facial le permite acceder al contenido sin problema. Era otra persona la que le escribía, aún hay tiempo, así que aprovecha para cambiar la clave de acceso. Al terminar vuelve a esperar sentada sobre la cama, esta vez con el teléfono en la mano y los zapatos de Lorenzo puestos. Por la hora, Goyo debe de estar a punto de llegar, así se lo confirma un audio que envía al autor: «¡Menudo cabronazo estás hecho! Casi me matas de un infarto, te la voy a cortar. Joder, te lo digo en serio, ya no podía más…, necesitaba llegar al hotel. ¡Qué hijo de puta! Mira que sabes lo que me gusta, mantenerme en tensión

Estoy esperando el ascensor, quiero que me cuentes ya el final de la historia, ¡tiene que ser apoteósico, como siempre! Ahora lo celebramos, qué fuerte… Este hotel…, aquí empezó el sueño, fue nuestra noche. —Suenan las puertas del ascensor—. Te dejo, subo. Te veo ahora». Ella le escribe:

¿Preparado para el final?

Después se levanta y estira la cama hasta que queda perfecta. Va hasta el baño con el corazón a punto de salírsele por la boca y se esconde detrás de la puerta, que ha dejado entreabierta. Le duelen las manos de la tensión con la que empuña el cuchillo. Escucha cómo abre la puerta de la habitación y avanza hacia donde está. Todo sucede muy deprisa. En cuanto nota que entra en el baño y se para, justo cuando gime al descubrir a su amigo muerto en la bañera, se lanza sobre él y lo cose a puñaladas. Lo hace de la misma forma que sucede en el relato y él se queda prácticamente igual que el famoso Nicolai. Mientras comienza a desangrarse, Ana avanza y se queda a un pie de él, disfrutando del poder que tiene y de ver cuánto han cambiado las tornas. A los pocos segundos se dirige a él.

—¿Pensabas que había sido tu amiguito quien había armado todo esto? ¿Tuviste miedo de encontrarte a Blanca en la bañera? —Niega con la cabeza—. Fui yo quien lo hizo, pero me guardarás el secreto, ¿verdad? Al igual que yo lo he hecho durante estos años. Tranquilo, que la historia oficial no será lo que sucedió en realidad: que aquella noche, después de los premios, cuando subimos a esta suite con Jose y Contxita, me echaste algo en la bebida y, cuando se fueron,

aprovechando que estaba inconsciente, me violaste. —I
editor vuelve a sacudir la cabeza e intenta decir algo, pero n
puede—. Lo de menos fue el desgarro y el trauma que aú
me acompaña, las pesadillas recurrentes y los ataques de pá
nico cada vez que se me acerca un hombre en la intimidad
No he vuelto a tener una relación sexual y he perdido l
ilusión de encontrar una pareja y formar una familia.

»Pero esto solo ha sido el colofón: tú y yo sabemos qu
el maltrato y el abuso de poder constante venían de much
antes. Pensabas que devaluarme iba también con el puesto
que, si quería trabajar a tu lado, tenía que aguantar todo qu
se te antojara. Muy de la vieja escuela: "Yo te pago, luego m
perteneces, porque te estoy comprando con el sueldo que
llevas".

»¿Te acuerdas de las llamaditas? Cada vez que me llama
ba mi novio, jugabas a manosearme, como si fuéramo
amantes. Pero no lo éramos. Cada vez que me tocabas al sa
ludarme y bajabas la mano a propósito, me hacías sufrir. Y
sé que en ese momento no lo hacías con mala intención, l
has hecho toda la vida y no le das valor. Es posible que per
saras que incluso me gustaba, porque ¿cómo no le iba a gus
tar a una chica como yo sentirse deseada por alguien ta
importante como tú? Tendría que sentirme una privilegiad
Y tengo que darte la razón, debo confesar que al principi
me atraía tu seguridad y buen hacer. Eso fue antes de descu
brir al monstruo que habitaba en ti, al ególatra inseguro qu
necesitaba reafirmarse a cada paso que daba. Durante el pr
mer año de trabajo no me violaste, pero me torturaste emo
cionalmente y fue casi peor. Una muerte lenta. Me hicist
sentir pequeña, tambalearme y creer que no era capaz d

defenderme, como si aún fuera una cría. Fue terrible. Era tu jueguecito. Te encantaba tenerme en tensión. ¿Y ahora qué? ¿Te ha gustado cómo te lo he hecho pasar? Me he portado bastante bien, pero el final no te lo esperabas, ¿eh?

»Aun así, no temas: no voy a decir nada. Nadie tiene que enterarse de lo que me hiciste, no deben saber que mis bajas eran porque no aguantaba la depresión y las secuelas que me dejaste. En el trabajo seguirán creyendo que era por la ansiedad que me producía trabajar a tus órdenes. Así era, aunque no debido a la tensión ni al nivel de exigencia que ellos creían. Tampoco porque Lorenzo me encontrara aún drogada y llorando en el pasillo y me aconsejara que no te denunciara. Ni que la historia que narró en su bestseller fuera la mía, la que yo le conté aquella noche mientras me pedía que me desahogara. Insistía en que lo soltara todo para que le contara más y tuviera así suficiente material.

»Su sed de éxito le hizo adueñarse de mi experiencia. Vulneró mis derechos, abusó de la confianza que deposité en él y encima me engañó. Mientras yo estaba cada vez peor y tenía que recurrir a los ansiolíticos y a las bajas recurrentes, él seguía preguntándome para después volcarlo en su novela.

»Tú, sin embargo, actuabas como si nada hubiera ocurrido, anulándome, como siempre habías hecho. Hasta que un día me invitaste a no volver. A riesgo de que os denunciara por despido improcedente, me explicaste todas las razones por las que no estaba hecha para este trabajo, pues me estaba trayendo por la calle de la amargura. Me hablaste de honestidad, de comerme demasiado la cabeza, de falta de valentía e implicación, ¿recuerdas? Todo está en la historia que te he enviado. Estaba tan furiosa que esa vez quise denunciarte, pero Lorenzo me convenció de nuevo de que no merecía la pena y de que a esas alturas nadie me creería ya. Me preguntó si tenía la fortaleza necesaria para afrontar un proceso así y no tuve que pensar la respuesta. Me ofreciste una buena indemnización, y me animó a que lo viera como una oportunidad para pasar página de una vez por todas y que siempre podía recurrir a él cuando necesitara ayuda. Pero no fue así, desapareció de la faz de la tierra.

»No volví a saber nada hasta meses después, cuando lo vi en un programa de televisión promocionando su nueva novela, no hace falta que te diga cómo me sentí cuando me enteré del argumento, ¿verdad? La duda que tengo es si esperaste a despedirme cuando estuve acabada y sin fuerzas para luchar o fue él quien te lo pidió para que no lo pudiera boicotear. Si hubiera seguido en el equipo, lo habría tenido que leer e imagínate. ¡Qué hijo de puta! —Ana se queda mirándolo unos segundos en silencio, con lágrimas en los ojos. El grifo de la bañera sigue abierto y segundos después continúa hablando—: Siempre me pregunto si piensas en lo que pasó. ¿Cómo te enfrentas a ello? Si eres consciente de la crueldad de tus actos, de la huella que dejas, de los cadáveres esparcidos a tu paso, o si ni siquiera lo piensas. Supongo que tendrás que borrarlo para ser capaz de convivir con algo así o tal vez ese ego enorme y las ansias de notoriedad no te dejan ver más allá de tu ombligo. —Después de otra pausa sigue—: La pena es que Blanca tenga que pagar el pato. Ha sido tan fácil… Es confiada, inocente. Como yo lo era. Me reconoció enseguida y aceptó el planazo que le propuse, no sabía lo que en realidad le esperaba. Con lo que siempre le ha gustado el dulce, qué pena haber tenido que ofrecerle solo cloroformo».

El editor abre los ojos como platos, pero apenas tiene fuerzas ya para reaccionar. Ana se crece, aun sabiendo que es mentira lo que le acaba de contar. Blanca estaba desaparecida porque le había mandado una invitación para un día en un balneario con un tratamiento facial para *celebrities*, que pagó en metálico y envió el código a través del mismo perfil falso con el que también abordó a su padre. Él vuelve a intentar decir algo, pero no puede y llora, está en las últimas.

—No te hagas la víctima. Tienes lo que mereces. No solo me has destrozado la vida, encima te has lucrado con ello y, no satisfecho, te has adueñado de mi discurso. Tus últimas apariciones son dignas de un verdadero psicópata, ¿cómo se puede haber hecho lo que me hiciste y después ir a los medios a alardear de lo contrario? Estás enfermo, pero, tranquilo, yo también lo estoy. Me has arrastrado contigo y solo hay una manera de acabar con todo este sufrimiento. Querías otro bestseller para seguir adoctrinando al mundo entero, ¿no? Pues ya lo tienes, qué pena que lo hayas tenido que leer tan fragmentado en el coche. Imagínate leerlo del tirón, sabiendo que esa especie de segunda parte es en realidad autobiográfica..., que Lorenzo escribió lo que le habías hecho vivir. Lo tengo todo pensado y te puedo asegurar que nadie tendrá la menor duda de que eso fue lo que sucedió. Queríais mi historia para ser protagonistas, pues al fin lo vais a ser. Escucha, te va a encantar: el autor que tiene que sufrir los abusos de poder de su editor, un homosexual reprimido que se obsesiona con él y lo viola. Bla, bla, bla... Luego viene el asesinato y el suicidio en la bañera, ya sabes. Tu mujer sabrá por fin que eres un cerdo y que la muerte de tu hija fue por tu culpa. —El editor intenta incorporarse, pero es incapaz, apenas le queda sangre en el cuerpo—. Lástima que no vayas a poder verlo. —Entonces es ella la que empieza a llorar—. Te has llevado mi confianza, mi libertad, mi sexualidad y mi derecho a vivir la vida que merecía. Has boicoteado todo lo que han labrado mis padres durante años, el proyecto en el que han invertido para crear una mujer fuerte y libre en una sociedad mejor. Tú, desde tu arrogancia, desde tu ego infantil, tú, ridículo y caricaturesco, te lo has llevado todo de un plumazo, y lo peor es que ni siquiera te has dado cuenta de que lo has hecho. Porque a nosotras nos educan para no hacer nada y a vosotros para no ser conscientes de lo que hacéis. Y eso tiene que cambiar de una vez por todas. Sé que pensabas que eras Dios y que podías modificar cualquier final, pero siento decirte que el mío no. En mi historia mando yo y, aunque la hayas condicionado y me la hayáis robado entre los dos, soy yo la que escribo el punto final.

Ana aprieta el cuchillo que aún tiene en la mano y le asesta una última puñalada mortal.

22

En el plató, el regidor da paso con un gesto al presentador del programa para que siga hablando después de la publicidad.

—Antes de leer la nota que escribió Lorenzo en su ordenador y que dejó en el lugar de los hechos, tenemos que contarles que durante la publicidad ha llamado la mujer de Goyo para desmentir que su marido fuera homosexual. Ella piensa que todo podría estar relacionado con un conflicto entre ambos ocasionado por una oferta de la competencia para que el autor cambiara de sello. Afirma que, justo antes de entrar en el hotel, Goyo le había dicho que se iban a reunir para convencerlo. Que estaba tranquilo, y que, si él hubiera hecho algo así, ella lo sabría. Le hemos preguntado entonces por el motivo por el que Lorenzo mandó un mensaje privado desde la cuenta que se creó para hablar anónimamente por Instagram con su editor, haciéndose pasar por una atractiva fan, y con Blanca, la hija de este, para invitarla a unos tratamientos de belleza que la mantuvieran alejada del teléfono y así hacer creer a su padre que le había pasado algo. La policía tiene tanto la conversación en la que invita a la menor como la posterior con su padre, en la que sus mensajes dejan ver que Goyo estaba muy afectado por la idea de que algo pudiera haberle ocurrido. Su mujer no ha querido decir nada más y ha colgado.

»Esta es una actitud muy frecuente entre los familiares, negar la evidencia, pero que existan más pruebas incriminatorias que en este caso es difícil. Entre ellas la confesión del autor del crimen, Lorenzo Carballo, víctima y verdugo. Lo que va a leer nuestra invitada a continuación son las últimas palabras que Lorenzo escribió después de asesinar a su editor, Goyo Albert, y quitarse la vida. Este texto en el relato viene después de que la protagonista de su historia asesine a Nicolai, el conductor que la violó salvajemente. Si eres tan amable, Ana…».

El presentador entrega el texto a la editora que toma aire y comienza a leer:

—«Mi violador no se llama Nicolai, no tiene un nombre extranjero y no es ningún extraño. Al contrario, es alguien muy cercano. Pero eso no le ha impedido manipularme y someterme hasta anularme por completo. Tampoco soy la chica protagonista del relato. Soy un hombre, pero también he callado y he vivido sumergido en el mismo miedo que ella desde entonces. Por lo que me hizo, porque se repitiera la historia y por que me señalaran de oportunista, se cuestionara nuestra verdadera relación o se barajara también hasta qué punto yo fui culpable. El abuso de poder y las dependencias han existido siempre y, si esto me ha pasado a mí, que soy un hombre blanco con una buena situación económica y social, ¿qué no les pasará a millones de mujeres todos los días? Este relato va por ellas. Que mi último aliento os sirva de impulso para vencer a vuestros agresores y salir ilesas. Para que no haya ni una víctima más. Mi violador tiene nombre y apellido: Goyo Albert. Él ha escrito mi final y yo me he encargado de cambiar el suyo y de que tenga el que merece».

Cuando termina de leer, Ana tiene lágrimas en los ojos.

—Muchas gracias, Ana, es normal que te hayas emocionado. Es una historia terrible —le dice el presentador mientras le ofrece un pañuelo.

Ella sonríe con amargura como parte del *acting*. Todo está saliendo mejor de lo que esperaba. Mientras se limpia, recuerda el momento en que escribió el texto que acaba de leer. Cómo después de asestar la última puñalada al editor volvió a extraer la mano derecha del escritor para secarla y forzar el agarre para dejar sus huellas en el mango del arma. La sangre seguía avanzando y ocupaba gran parte del espacio, Ana fue hacia la zona donde estaba el inodoro y se quitó los zapatos. Obviamente había dejado el rastro de las pisadas, que indicaría que el autor estaba vestido cuando apuñaló a su editor y después se desnudó. Dejó caer la ropa de Lorenzo, llena de salpicaduras, en la misma zona. Después sacó dos bolsas de plástico que se puso en los pies para no dejar huellas, aunque tampoco podía pisar la sangre. Cogió el móvil del autor y entró en su cuenta de Instagram para cambiar la sesión y dejar abierto el perfil falso desde el que ella se había estado mensajeando con el editor y con su hija Blanca. Así si les daba por buscar verían que fue él quien llevó engañado a su supuesto amigo e hizo desaparecer a su hija para tenerlo a su merced.

Después se metió en el correo para dejar también abierta la cuenta desde donde enviaba los capítulos de su historia a Goyo. El grifo seguía abierto, la bañera se había desbordado y el agua avanzaba por la habitación. Tenía que desaparecer por donde entró antes de dejar huellas o de que llegase el agua hasta el pasillo y alguien diera la voz de alarma que había previsto. Así que abrió corriendo un documento y comenzó a escribir la confesión de Lorenzo, el comunicado oficial. La guinda del pastel.

Ana tecleaba eufórica, no se podía creer que hubiera sido capaz de hacerlo. Cuando empezó a trabajar con ellos no era más que una cría que buscaba aprobación, solo una niña que necesitaba ser vista, y ellos se habían aprovechado de ello. La obligaron a salir de su dulce hogar para adentrarse en un verdadero infierno, pero ella se había prometido que no volvería a tener miedo, que los haría pagar su penitencia. Y eso había hecho.

23

Dos años antes

La velada no podía estar siendo más especial. Ana miraba a su alrededor sin poderse creer que ella estuviera ahí, rodeada de la gente más influyente del sector. Sabía que Goyo la había invitado para que resolviera cualquier tipo de contratiempo, pero no le importaba, por nada del mundo se perdería la oportunidad de asistir a los primeros premios literarios de Fnac. Y eso que no sabía que Lorenzo ganaría el primer premio, fue una sorpresa maravillosa. Gracias a ello pudo conocer a muchos de sus autores favoritos cuando se acercaron para felicitarle. Por suerte también estaban Jose y Contxita, dos compañeros de la editorial que vinieron desde Barcelona al evento y que no la hacían sentir tan inferior como lo hacía constantemente su jefe.

Todos bebían, se reían, cotilleaban y bailaban. Por primera vez en meses Goyo parecía comportarse con ella de una manera amable y la animaba a que bebiera. Ella se resistía, pero Jose, que era todo un caballero, le trajo una copa cuando fue hasta la barra y después otra y otra. Pasadas las dos de la madrugada, el editor los invitó a subir a la suite que Fnac reservó como gesto de cortesía hacia Lorenzo, por si quería pasar la noche ahí. Todos accedieron menos el escritor, que estaba tonteando con otro autor, una joven promesa de la literatura juvenil de otro sello.

Mientras subían en el ascensor, Ana se sintió bastante mareada, pero pensó que sería del movimiento ascendente. Sin embargo, a los pocos minutos de entrar en la suite, notó que se quedaba sin fuerzas y sus párpados se cerraban. Goyo la cogió de la mano y la llevó hasta la cama para que descansara, pero Jose se ofreció a acompañarla a un taxi antes de que se encontrara peor y no fuera capaz de volver sola a casa. Goyo y Contxita llevaban toda la noche tonteando y quedarse solos ponía a huevo que pasara algo entre ellos antes de que volviera Lorenzo con su ligue y tuvieran que abandonar la habitación.

Entre todos ayudaron a Ana a levantarse y la apoyaron sobre el hombro de Jose, que tiraba de ella hacia el ascensor. Sin embargo, nada más escuchar que la puerta se cerraba, cambió de rumbo hacia las escaleras. Ahí la apoyó de mala manera en los fríos escalones de mármol y la violó como un animal, con movimientos fuertes, sin ninguna compasión.

Cuando fue a levantarla de nuevo para bajarla a recepción, ella hizo muecas de dolor e intentó abrir los ojos. Jose estaba muy borracho, pero, en un principio, tenía intención de acompañarla a casa mientras siguiese inconsciente. Si a la mañana siguiente notaba algo, siempre podía decirle que él la dejó en un taxi y que no sabía nada más. Así que, si ella abría los ojos en ese momento y lo veía, su plan se iría al garete. Sin pensarlo más, bajó las escaleras a toda prisa y la dejó sola.

Ana no logró abrir los ojos hasta bastante rato después; estaba agotada, los párpados le pesaban y sentía un dolor agudo en la vagina y en la espalda. Se había clavado en distintas partes del cuerpo el perfil de los escalones por los movimientos bruscos de su violador. Se incorporó como pudo y consiguió salir al pasillo que daba a la suite y a los ascensores. Estaba destrozada y lloró desconsoladamente; sabía que algo horrible le había pasado. Lo último que recordaba era a Goyo, encantador como nunca, invitándolos o subir, el mareo, él llevándola de la mano hasta el dormitorio. ¿Qué había sucedido mientras estaba inconsciente? Su ropa revuelta y sus dolores le daban la respuesta. En ese momento, se abrieron las puertas del ascensor y apareció Lorenzo. Había tonteado hasta la saciedad con el joven escritor, pero este tenía novio y al final no aceptó su invitación para que subiera con él. Al verla así, le preguntó qué le había sucedido y la abrazó. Ana apenas podía hablar y él abrió la puerta de la suite para que lo acompañase dentro. Pero ella tembló instintivamente y se resistió a entrar, no quería encontrarse con Goyo. Temía que pudiera seguir haciéndole daño y se moría de miedo solo de pensarlo. Pero el editor ya se había ido, tuvo sexo rápido con Contxita y se largaron echando leches para que Lorenzo no los viera.

—Tranquila, no hay nadie. Necesitas descansar. Cuéntame, por favor, ¿qué te ha pasado? —le dijo Lorenzo con amabilidad.

Ana empezó a balbucear y, cuando las lágrimas y el dolor tan fuerte que sentía por todo el cuerpo la dejaron, dijo:

—Me ha violado.